KB078029

스킬스
SKILLS

# 스킬스 6

류화수 퓨전 판타지 소설

초판 1쇄 찍은 날 § 2015년 11월 16일
초판 1쇄 펴낸 날 § 2015년 11월 23일

지은이 § 류화수
펴낸이 § 서경석

편집책임 § 고승진

펴낸곳 § 도서출판 청어람
등록번호 § 제387-1999-000006호
등록일자 § 1999. 5. 31
어람번호 § 제1-2288호

주소 § 경기도 부천시 원미구 부일로 483번길 40 서경B/D 3F (우) 14640
전화 § 032-656-4452  팩스 § 032-656-4453
http://www.chungeoram.com
E-mail § chungeorambook@daum.net

ⓒ 류화수, 2015

ISBN 979-11-04-90516-2 04810
ISBN 979-11-04-90413-4 (세트)

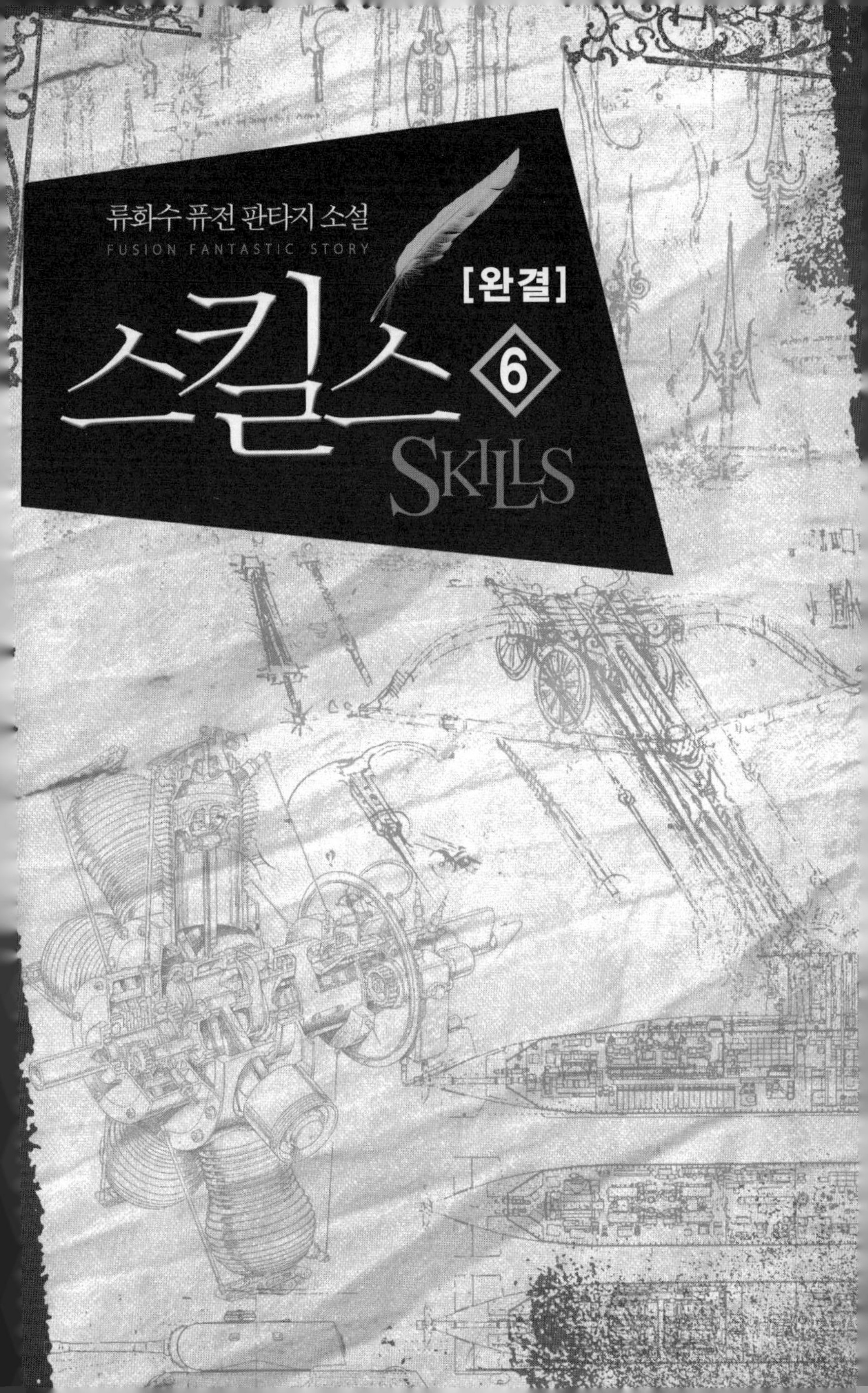

류화수 퓨전 판타지 소설

FUSION FANTASTIC STORY

[완결]

# 스킬스 6

# SKILLS

# SKILLS

# CONTENTS

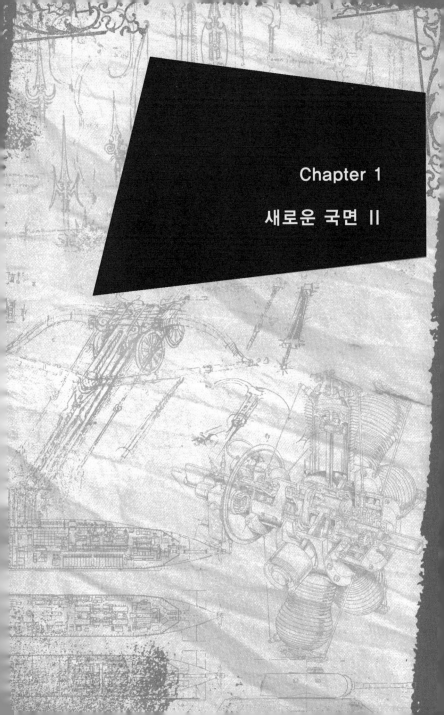

# Chapter 1

## 새로운 국면 II

데빌 도어를 나온 직후 나는 바로 다시 기사들과 함께 데빌 도어에 앉았다.

데빌 도어를 파괴하는 방법을 확인해 보고 싶었기 때문이었다.

크레닌이 무슨 생각을 하고 있는지는 모르겠지만 그래도 한 번도 나한테 거짓말을 한 적은 없으니 되겠지.

만약 거짓말이라면 오랜만에 매타작을 해야지.

이 방법이 실패하면 크레닌에게 화풀이를 하겠지만 그 이후는 힘든 전쟁을 치러야 했다.

크레닌이 말한 방법이 효과가 있어야 한다.

4개의 돌 의자에 앉자 데빌 도어는 언제나처럼 중앙에 붉은 차원 문을 만들어내었다.

지금 기운을 차원 문에 쏟아내면 된다고 했지.

나는 고리의 기운을 끌어 올렸다. 고리의 기운은 순식간에 가슴에서 손바닥으로 흘러나왔고, 나는 그대로 기운을 차원 문을 향해 방출했다.

기운을 이용해 공격하려면 기운을 응축해 빠르게 쏟아내야겠지만 지금은 차원 문이 내 기운에 군침을 흘리게 해야 되었기에 매우 천천히 차원 문을 향해 기운을 이동시켰다.

차원 문은 천천히 내 기운에 관심을 가지기 시작했다.

밀당을 하는 것처럼 간만 보고 있는 차원 문이다.

여자를 꼬셔본 적은 없지만 글과 말로는 많이 들어보았다.

지금은 허황된 꿈을 꾸게 해줘야겠지.

나는 고리의 기운을 모조리 끌어내 차원 문에 소개시켜 주었다.

차원 문은 지금 악마의 탑 10층에서 흘러나오는 기운과 내 기운 사이에서 고민하고 있다.

하지만 답은 정해져 있다.

악마의 탑 10층은 내가 상상하지도 못할 정도의 기운을 가지고 있지만 전 세계에 있는 데빌 도어에 균등하게 기운을 분

배해 주고 있었고, 당연히 그 기운보다는 내 기운이 강했다.

차원 문이 고리의 기운을 물었다.

고리의 기운에 연결된 차원 문은 내 기운을 빠르게 흡수하고 있다. 내가 이 데빌 도어의 주인이 된 것이다.

하지만 아직 기운을 회수할 수는 없다.

아직 악마의 탑 10층의 기운이 차원 문에 머물러 있을지도 모른다.

나는 아주 천천히 고리의 기운을 줄여 나갔다.

그리고 일정 시간이 지나고 나서야 나는 기운을 완전히 끊었다.

제비에게 홀린 과부가 재산을 날리는 것처럼, 차원문은 내기운에게 버림받고 그 힘을 잃었다.

차원 문이 사라지자 데빌 도어 특유의 분위기가 사라졌다. 단지 돌로 만든 장식품이 되어 버렸다.

"바로 의자를 차봐."

기사는 내 명령에 따라 발을 들어 올려 자신이 앉았던 돌 의자를 발로 찼다.

쾅! 빠직!

아크타르 폭탄에도, 내가 극성으로 끌어 올린 기운에도 모습을 유지하던 데빌 도어가 기사의 발길질 한 번에 부서졌다.

그냥 부서진 것도 아니라 산산조각이 나 먼지가 되어 버렸다.

　　"자작님!"

　　"그래, 드디어 데빌 도어를 파괴하는 방법을 찾았어. 빨리 다른 데빌 도어를 파괴해야 돼!"

　　우리는 그대로 수도에 위치한 다른 데빌 도어를 찾아가 동일한 방법으로 파괴했다.

　　하지만 한계가 있다. 내가 아무리 흡수 계통 악마의 기운을 흡수해 고리를 강화시켰다고는 하지만 하루에 3개 이상의 데빌 도어를 파괴하는 것은 무리였다.

　　그래, 하루에 3개면 적은 수가 아니지.

　　브루니스 왕국에 있는 데빌 도어가 몇 개인지는 정확히 파악하지는 못했지만 수도 근방에 있는 데빌 도어의 수는 20개가 넘지 않는다.

　　조금 무리하면 일주일이면 수도 근방에 있는 데빌 도어 모두를 파괴할 수 있다.

　　이제는 정말 시간 싸움이다. 흡수 계통 악마들이 다른 파벌에 속한 악마를 처리하는 시간이 길어지기를 바라야 했다.

*　　　　*　　　　*

자신과 같은 기운을 가지고 있는 마코크의 기운을 흡수한 마아드는 새로운 마왕이 되기 위한 단계를 밟고 있었다.

중립적인 자신의 입장을 바꾸고 인간계로 강림하기를 원하는 악마들의 손을 들어 주었다.

팽팽하던 줄이 한쪽으로 치우쳐졌고, 다른 쪽에 있는 파벌에 속한 악마들은 힘의 격차를 이기지 못하고 소멸되었다.

하지만 아직 마왕 부활 파벌의 수장인 와치스를 잡지 못했다.

"그가 어디로 갔을까?"

마아드는 악마 강림 파벌의 두뇌 역할을 하고 있는 사무드에게 말했다.

사무드는 마왕 강림 파벌의 작전을 부수기 위해 최진기에게 악마의 탑으로 이동할 수 있는 아이템을 준 적 있는 악마였다.

그는 이 파벌에서 유일하게 머리를 사용할 줄 알았고, 당연히 마아드는 그에게 작전을 상의했다.

사무드는 지능이 높다. 지능이 높은 악마는 다른 악마들보다 더 고차원적인 생각을 했고, 그 생각을 바탕으로 행동했다.

지금 그가 내린 결론은 마아드를 따르는 것이다.

언제가 될지 혹은 평생 불가능할지도 모르는 마왕의 강림보다 새로운 마왕이 되려는 마아드의 밑에서 일하는 것이 그의 신분 상승을 위해 도움이 된다는 결론을 내린 사무드다.

그는 존경심을 담은 목소리로 대답했다.

"와치스가 갈 만한 장소는 정해져 있습니다. 악마의 탑의 균형이 깨진 이상 그는 자유롭게 악마의 탑을 돌아다닐 수는 있지만, 그가 몸을 의탁할 만한 능력을 가진 악마는 많지 않습니다. 제 생각으로는 마왕과 밀접한 관계가 있는 악마에게 몸을 의탁하지 않았나 싶습니다."

"그런 악마가 남아 있었나?"

악마의 탑 10층에는 여러 악마가 지내고 있었다.

마왕의 기운과 모든 악마들의 뽑아낸 마기가 모여 있는 장소가 악마의 탑 10층이었고, 다른 층에서 흡수된 인간의 생기를 보관하는 장소가 악마의 탑 10층이다.

악마의 탑에서 가장 중요한 장소였기에 가장 능력이 뛰어난 악마들이 10층에서 머물렀다.

10층에는 여러 파벌의 악마들이 같이 신경전을 보이고 있었다.

하지만 마아드의 합류로 인해 신경전은 끝이 났고, 반대편 파벌에 있던 악마들은 숙청당했다. 와치스를 제외하고 말이다.

와치스만 정리하면 이제는 완벽하게 악마의 탑을 소유하게 된다.

와치스는 간악하게도 악마의 탑을 여는 열쇠를 가지고 있다.

인간계로 나갈 수 있는 충분한 생기와 마기가 탑 10층에 보관되어 있지만 그 기운을 자유롭게 사용하기 위해서는 와치스가 가지고 있는 열쇠가 필요했다.

열쇠는 와치스의 마기의 정수였다.

그의 마기의 정수에는 악마의 탑 10층의 기운과 연결되어 있다.

그의 마기의 정수를 가진 자가 악마의 탑의 완벽한 주인이 되는 것이다.

무조건 와치스를 찾아야 했다. 그를 차지 못한다면 반쪽짜리 주인이 되고 만다.

마왕이 되기 위해서는 더 많은 마기와 생기가 필요하다.

마아드는 사무드의 대답을 재촉했고, 사무드는 자신이 생각하는 바를 말했다.

"크레닌이라면 와치스를 숨길 수 있는 능력이 있습니다. 마왕의 지낭 역할을 했던 크레닌을 제외하면 우리 눈을 속이고 와치스를 숨길 수 있는 능력을 가진 악마는 없습니다."

"크레닌? 이빨 빠진 늙은이가 아니던가."

크레닌의 이름을 모르는 악마는 없다. 마왕의 이름과 함께 마계에서 가장 유명한 악마의 이름이 크레닌이다.

하지만 그를 두려워하는 악마는 없었다. 이전의 항마 전쟁에서 대부분의 능력을 소실한 크레닌은 하급 악마의 능력밖에 남지 않았다.

하지만 그를 무시할 수는 없었다.

마왕이 부활하면 가장 먼저 신분 상승을 하게 될 악마가 크레닌이었고, 그의 지능과 지식은 마계의 모든 악마가 모인다고 해도 넘어설 수 없다.

가장 오랜 시간을 살아온 악마였으며, 가장 지능이 높은 악마가 크레닌이다.

"하지만 그는 마왕 부활파가 아니지 않은가. 전쟁을 두려워하는 그가 와치스를 숨겨주겠는가?"

크레닌은 힘을 회복하는 일체의 행동을 하지 않았다. 그냥 연구만 하며 방에서 갇혀 살았다. 그런 그가 와치스를 숨겨준다? 선뜻 이해가 가지 않았다.

"그가 아니라면 우리가 지금까지 와치스를 찾지 못할 이유가 없습니다. 제가 먼저 그의 보금자리를 찾아가 보도록 하겠습니다."

사무드는 자신의 충성을 보여주기 위해 먼저 행동하려고 했다.

하지만 마아드는 그를 제지했다.

"아니다. 정말 그곳에 와치스가 있다면 네가 위험해질지도 모른다. 우리 파벌에서 유일하게 머리를 쓸 줄 아는 자네를 잃으면 인간계 정복에 오랜 시간이 걸린다. 같이 움직이도록 한다."

"알겠습니다!"

사람이든, 악마든 자신의 능력을 인정해 주는 주군에게 충성을 바친다.

자신을 아낀다고 말하는 마아드에게 사무드는 다시 한 번 충성을 맹세했다.

물론 그 충성이 목숨을 전제로 한 것은 아니지만 말이다.

*     *     *

수도에 있는 데빌 도어 3개를 파괴하고 숙소로 돌아왔다.

푹신한 침대와 따뜻한 이불이 나를 유혹하고 있었지만 지금은 누울 수 없다.

아직 할 일이 남았다.

데빌 도어를 봉인하는 법이 진실이었으니 데빌 실을 흡수할 수 있다는 크레닌의 말도 진실일 가능성이 높았다.

보관 상장에 들어 있는 여러 개의 데빌 실을 꺼냈다.

어떤 악마의 데빌 실을 흡수하는 게 좋을까?

내가 무슨 생각을 하고 있는지 알고나 있는지, 데빌 실에 봉인된 악마들이 떨고 있는 것처럼 느껴졌다.

그래도 나한테 정신 수련법을 알려준 루시드는 제외해야겠지.

모든 능력치를 힘에 찍은 소머리 악마가 봉인되어 있는 데빌 실이 적당하겠네.

약간은 파란색을 띠는 데빌 실을 제외하고는 다른 데빌 실을 다시 보관 상자에 집어넣었다.

데빌 실은 마기의 정수와 비슷하지만 조금 달랐다.

마기의 정수는 순수한 마기의 결정체지만 데빌 실은 악마의 권능을 바탕으로 이루어져 있기에 다양한 기운을 뿜어내었다.

마기의 정수보다 미약한 마기를 뿜어내고 있는 데빌 실을 흡수한다고 해서 엄청나게 강해지지는 않겠지만 정체기에 빠져 있는 고리를 한 단계 더 강화시키기 위해서는 작은 것도 놓칠 수 없다.

데빌 실을 흡수하기 위해 나는 얼마 남지 않은 기운을 고리에서 짜냈다.

많은 양은 아니었지만, 주먹보다 작은 데빌 실을 감싸기에는 충분한 양이 고리에서 흘러나왔다.

고리의 기운을 이용하면 데빌 실에 봉인되어 있는 악마를 불러낼 수 있다.

데빌 실 안으로 기운을 흘려내면 악마가 내 기운을 영양분 삼아 움직이는 것이다.

하지만 이번은 완전히 다른 방법으로 기운을 이용했다.

기운을 주는 것이 아니라 흡수하는 것이다.

데빌 실을 둘러싸고 있는 기운을 다시 고리로 빨아들였다.

데빌 실을 붙잡고 있는 고리의 기운이었기에 다시 내 몸으로 들어오지 못하고 있다.

하지만 조금씩 움직이고 있다. 데빌 실을 이루고 있는 기운이 내 기운과 동화되고 있는 것이다.

기운을 잃어가고 있는 데빌 실이 떨려온다. 안에 들어 있는 악마가 반항하고 있는 것이다.

하지만 나는 멈추지 않고 기운을 회수하기 위해 고리를 움직였다.

노력은 나를 배신하지 않았다. 데빌 실의 기운이 고리의 기운과 함께 몸속으로 들어오고 있다.

몸속으로 들어온 데빌 실의 기운은 고리의 기운에 휩쓸려 고리까지 흘러들어 왔다.

고리는 기운을 블랙홀처럼 빨아들이고 있었고, 데빌 실의 기운도 고리의 힘을 이기지 못하고 고리 안으로 빨려들어 가고 있다.

어떻게 될까. 악마의 권능이 고리에 어떤 영향을 주는 거지?

완전히 데빌 실의 기운을 흡수한 고리는 심장이 뛰는 것처럼 박동을 하기 시작했다.

보라색의 고리가 점점 검게 변해가고 있다.

보라색 이후의 단계가 검은색인가?

흡수 계통 악마의 기운으로 인해 보라색 고리는 강화의 마지막 단계에 들어서 있었다.

데빌 실의 기운까지 흡수하게 되면 정말 다음 단계로 갈지도 모른다.

한참이나 박동하던 고리가 다시 잠잠해진다.

아직 기운이 부족한 것이다.

나는 눈을 감고 고리에 더욱 집중했다. 데빌 실의 기운이 고리의 기운에 어떤 영향을 주었는지 알고 싶었다.

고리의 기운은 크게 달라지지 않았다. 다른 권능이 생긴 것도 아니다.

단지 조금 더 고리의 기운이 응축된 느낌이 들 정도다.

하긴 데빌 실의 미약한 기운을 생각하면 이 정도의 변화도 대단한 거지.

아직 데빌 실은 많이 남아 있다.

루시드의 데빌 실을 제외해도 5개가 넘는 데빌 실이 들어 있다.

많은 데빌 실 안에는 불의 권능을 가진 악마도 있었고, 냉기를 사용하는 악마도 있다.

그들을 전부 흡수한다면 고리가 다음 단계로 강화될지도 모른다.

나는 다시 보관 상자에서 데빌 실을 꺼내 흡수하기 시작했다.

소머리 악마와 비슷한 힘에 특화되어 있는 악마의 데빌 실을 흡수했다.

이번에도 고리는 박동했지만 한계를 넘지 못하고 잠잠해졌다.

하지만 아직 데빌 실은 남아 있다.

나는 한 개의 데빌 실을 더 흡수했지만 별다른 변화는 없었다.

그리고 이번에는 불의 권능을 가진 데빌 실을 흡수하려고 했다.

이번은 조금 다르다.

불의 권능이 봉인된 데빌 실은 힘에 특화되어 있는 악마와 다르게 내 기운을 강하게 거부했다.

나는 고리를 더욱 짜내어 기운을 더 강하게 뿜어내어 데빌 실을 압박했다.

데빌 실의 기운은 더는 반항하지 못하고 몸속으로 들어오고 있다.

여기까지 왔으면 고리에 흡수당하는 것은 일사천리다. 고리가 다시 박동하기 시작한다.

이전보다 훨씬 강하게 뛰는 고리다.

펑!

고리가 터져 나간다. 고리에 갇혀 있던 기운들이 일순간 터져 나온다.

나는 힘겹게 정신을 부여잡으며 고리의 기운을 조종하기 위해 안간힘을 써야만 했다.

*      *      *

"어떻게 된 거지?"

고리의 기운이 터져나갔던 것까지 기억이 났다.

폭주하는 기운을 컨트롤하기 위해 안간힘을 썼지만 방대한 힘의 폭발에 정신을 잃었었다.

고리의 기운을 확인해 보자.

나는 떨리는 마음을 진정시키지 못한 채 고리의 기운을 확인하기 위해 눈을 감았다.

고리가 느껴진다. 이전보다 훨씬 작아진 크기였지만 고리가 여전히 가슴 옆에 존재했다.

검은색이네.

검은색의 고리. 고리는 보라색에서 검은색으로 탈바꿈했다.

검은색의 고리에는 어떤 기운이 잠자고 있을까.

살며시 고리를 열었다.

고리를 열자 고리와 마찬가지로 검은색의 기운이 흘러나왔다.

끈적한 액체처럼 움직이는 기운은 매우 쫀쫀했다. 얼마나 많은 기운이 응축되어 있는 걸까.

나는 살며시 고리의 기운을 손바닥으로 밀어내 방출했다.

퍼어엉!

정말 미세한 양의 기운이었지만 방출된 기운은 방을 어지럽혔다.

기운이 직접적으로 닿은 테이블은 정체를 알 수 없을 정도로 부서졌고, 후폭풍으로 방에 있는 모든 집기들이 바닥에 떨어져 뒹굴었다.

"이게 뭐야. 아무리 고리가 한 단계 진화했다고는 하지만 이 정도의 위력이 나올 수가 있는 거야?"

생각보다 훨씬 강한 기운이었다. 이 정도의 기운이라면 흡수 계통의 악마라도 충분히 상대할 자신이 있었다.

아니지, 자만하지 말자.

이계의 존폐를 걸고 하는 전쟁이다. 이 전쟁의 시발점은 나라고 해도 틀린 말이 아니다.

나 때문에 이계가 사라지면 나는 죽어서도 후회를 해야 한다.

오로지 이번 전쟁에서 승리하는 것에만 집중하자.

*　　　*　　　*

마아드와 사무드는 와치스를 찾기 위해 크레닌의 보금자리로 찾아왔다.

가장 저급의 악마가 살고 있는 악마의 탑 6층의 공기는 상위 악마인 마아드에겐 익숙하지 않았다.

"이런 곳까지 떨어졌군. 그래도 한때는 존경하던 악마였는데."

마아드는 밑바닥부터 기어 올라왔다.

혈통이 좋은 것도 아니었고, 든든한 배경이 있지도 않았다.

오로지 생존을 위해 싸웠고, 같은 계통의 악마를 흡수해 이 자리까지 올라왔다.

옛날의 그에게는 크레닌은 넘을 생각조차 하지 못했던 큰 산이었다.

하지만 지금은 산이 아니라 길바닥에 굴러다니는 돌멩이보다 못한 존재였다.

"저곳에 크레닌이 있는 것 같습니다."

작은 오두막에서 연기가 피어오르고 있다.

"여전히 실험에 빠져 살고 있나 보군. 하긴 능력을 잃은 악마가 할 게 뭐가 있겠나."

마아드와 사무드는 크레닌이 살고 있는 오두막의 문을 노크도 없이 열고 들어갔다.

"아니, 이게 누구십니까. 마아드 님과 사무드 아닌가. 이렇게 누추한 곳까지 다 찾아오시고 영광입니다."

한때 마계 2인자였던 크레닌에게 존칭을 듣는 것은 나쁘지 않다.

마왕이 있었던 시대에 그에게 존대를 들을 수 있는 악마는 마왕뿐이었다.

그의 존대에 마치 마왕이 된 기분이 드는 마아드였다.

"이렇게 누추하게 살고 있는 줄 알았으면 진작 찾아와 보살펴 드리는 건데, 제가 소홀했습니다."

진심으로 하는 말이 아니다. 단지 우월감을 더 느끼기 위해 크레닌을 깎아내리는 말을 하는 마아드였다.

그의 말뜻을 모를 리 없었지만 크레닌은 웃는 얼굴로 그의 말을 받았다.

"이렇게 찾아와 주신 것만으로도 충분히 감사합니다. 여기까지 찾아오신 이유를 여쭈어 봐도 되겠습니까?"

크레닌의 질문에 사무드가 대신 답했다.

"마계에서 가장 똑똑한 분이시니 우리가 전쟁을 하고 있다는 사실을 알고 계실 거라고 생각해요. 현재 우리 파벌이 마왕 강림 파벌을 완전히 제압했지만, 와치스가 영악하게도 악마의 탑 10층의 열쇠를 들고 도망쳤어요. 그가 몸을 숨길 만한 장소를 찾다보니 여기까지 오게 되었죠. 그를 본 적이 있습니까?"

호랑이의 옆에 있는 늑대는 자기가 호랑이가 되었다고 착각을 한다.

마아드가 크레닌에게 막말을 한다고 해서 사무드까지 그렇게 해서는 안 되었다.

사무드는 무력이 뛰어난 악마가 아니라 머리를 쓰는 것에 특화되어 있다.

그의 모든 능력은 현재의 크레닌에 미치지 못한다.

하지만 사무드는 마아드의 등을 빌려 크레닌에게 편하게 말을 했다.

"와치스가 찾아오지는 않았네. 홉블린을 통해 연락해 오긴 했지만, 내가 그를 숨겨줄 능력이 있겠는가. 이 작은 오두막이 전부인 내가 어찌 그를 숨길 수 있겠는가."

크레닌의 말을 믿지 못하는 사무드는 오두막 주변을 샅샅이 뒤졌다.

하지만 별다른 점을 찾지 못했다.

여기에 숨어 있는 게 아닌가? 내가 크레닌을 너무 과대평가했었군.

마왕의 최측근이었던 크레닌이었기에 와치스를 숨길 비장의 수를 가지고 있을 거라고 생각했었다.

하지만 직접 크레닌을 보니 이빨 빠진 호랑이가 아니라 죽을 시간을 기다리고 있는 노인네나 다름없었다.

눈에서는 욕심이 전혀 느껴지지 않았고, 자존심마저 바닥에 떨어져 있었다.

"여기에는 없는 것 같습니다."

"그런 것 같군. 그러면 그가 어디로 갔겠는가?"

그 순간 악마의 탑이 흔들렸다.

악마의 탑이 이렇게 흔들리는 이유는 하나뿐이다.

악마의 탑 10층이 개방되고 있는 것이다.

"와치스가 우리가 자리를 비운 사이 악마의 탑 10층으로 돌아온 것이 분명합니다. 빨리 돌아가야 합니다."

와치스가 무슨 생각으로 악마의 탑 10층으로 돌아왔는지는 모르겠지만, 그를 잡을 절호의 기회였다.

"당장 움직인다."

마아드와 사무드는 황급히 데빌 도어로 돌아가 악마의 탑 10층으로 이동했다.

그들이 사라진 곳에서 크레닌이 씁쓸한 미소를 짓고 있었다.

"조그만 아이가 많이도 자랐구나. 하지만 몸이 성장한 만큼 정신이 성숙하지는 못했구나. 이대로는 힘들 게다. 마왕이 될 자질이 보이지 않는구나. 헛된 꿈을 꿀 시간이 얼마 남지 않아 보이는구나."

크레닌은 한동안 데빌 도어를 바라보며 상념에 빠졌다가 다시 자신의 오두막으로 돌아가 실험을 재개했다.

Chapter 2

악마, 인간계로

악마의 탑 10층에 도착한 마아드와 사무드는 자신의 파벌에 속한 악마들에 의해 포위당한 와치스를 발견할 수 있었다.

"제 발로 찾아왔군. 그래, 무슨 짓을 하려고 하는지 한번 말해 보게나."

자신보다 지위가 높은 와치스였지만 마아드는 자연스럽게 하대를 했다.

그는 이미 자신이 마왕이라고 생각하고 있었고, 크레닌을 만난 이후 더욱 자신감을 가지게 되었다.

"이런 짓을 벌이고도 용서를 받을 수 있을 거라고 생각하는가? 마왕님이 부활하면 가장 먼저 네놈의 사지를 찢어발겨 소멸시켜 버릴 것이다."

"마왕이라고 했나? 마왕이 언제 부활하는가? 네가 수명을 다 채우고 죽기 전에 그가 부활을 할 수 있을까? 꿈이 상당히 크군. 꿈을 평생 꿀 수 있도록 해줄 테니 열쇠나 내놓거라."

와치스의 주먹에서 악마의 탑 10층의 열쇠를 엿볼 수 있었다.

소중하게 손안에 품고 있는 열쇠는 와치스의 생명 줄이나 다름없었다.

그의 마기의 정수가 열쇠였고, 열쇠를 빼앗기는 순간 와치스는 모든 능력을 잃게 된다.

"내가 이대로 당할 것 같으냐. 너 같은 놈에게는 절대 열쇠를 주지 않을 것이다. 차라리 혼란을 일으키겠다!"

와치스는 꼭 쥐고 있던 자신의 마기의 정수를 터뜨려 버렸다.

마기의 정수가 터지자 악마의 탑은 더욱 요동을 치기 시작했다.

악마의 탑이 제어력을 완전히 상실한 순간 악마의 탑의 경계가 사라졌다.

모든 몬스터들은 일제히 악마의 탑을 빠져나가 인간계로 흘러갔다.

자신의 군대가 되어야 할 몬스터와 마족들이 새어 나가고 있는 것이다.

인간계를 침공하기 위해서, 악마의 탑을 완벽히 제어한 뒤 몬스터와 마족을 군대로 이용할 생각인 마아드였다.

하지만 와치스는 그런 마아드의 계획을 비틀어 버렸다.

마기의 정수를 부순 와치스는 점점 힘을 잃어가고 있다.

"고작 이런 짓으로 내 계획을 방해했다고 볼 수 있을까? 굳이 몬스터와 마족을 이용하지 않아도 인간계 정도는 충분히 정복할 수 있다. 그래, 죽은 눈으로 내가 어떻게 인간계를 점령하는지 지켜보거라."

마아드의 손이 빠르게 움직였다. 아무것도 없던 그의 손에는 붉은 구슬 하나가 들려 있었다. 구슬의 정체는 와치스의 눈이었다.

"죽여라."

마아드의 명령에 따라 와치스는 악마들의 손에 의해 산산조각이 났다. 데빌 실조차 남기지 못하고 사라졌다.

와치스의 마지막을 지켜본 후 마아드는 사무드를 데리고 막사 안으로 들어갔다.

와치스에게 당당하게 말하기는 했지만 계획은 크게 어긋나 버렸다.

물론 자신의 능력만으로도 충분히 인간계를 점령할 자신은 있었다.

하지만 쉬운 길을 어렵게 돌아갈 필요는 없었다.

마아드만큼 실망한 존재가 사무드였다.

사무드는 자신이 짠 계획을 하나도 펼치지 못하게 되어서 분노하고 있었다.

하지만 그는 분노하면서도 새로운 계획을 만들었다.

"악마의 탑 10층의 열쇠가 사라졌기에, 우리 파벌에 속한 악마들이 동시에 인간계로 넘어갈 수 없게 되었습니다."

악마가 인간계로 넘어가기 위해서는 많은 양의 생기가 필요하다.

몬스터와 마족의 경우 제약을 덜 받기에 충분한 양의 마기만 있으면 인간계로 넘어갈 수 있지만, 항마 전쟁에서 패배한 이후 제약을 받게 된 악마는 악마의 탑을 벗어나기 위해서는 생기가 필요했다.

"지금 사용할 수 있는 생기는 얼마나 되지?"

열쇠가 없다고 해서 생기를 완전히 사용하지 못하는 것은 아니었다.

"열쇠가 있었다면 모든 악마들이 동시에 인간계로 넘어갈 수 있었겠지만, 열쇠가 파괴된 지금 우리가 사용할 수 있는 생기는 10~15명 정도의 악마가 인간계로 넘어갈 수 있을 정도의 양입니다. 상위 능력을 가진 악마라면 10명도 되지 않을지도 모릅니다."

10층의 열쇠인 와치스의 마기의 정수가 부서졌기에 생기를 보관하는 저장고에도 금이 갔다. 금을 통해 생기가 흘러나오고 있었고, 그 생기를 모은다는 가정하에 내린 대답이었다.

"너무도 부족하군. 하지만 인간계를 점령하는 데는 그 정도 양이면 충분하겠지. 흡수 계통 악마 3명과 자네, 그리고 다른 악마를 데리고 가면 충분히 인간계를 점령할 수 있을 것이야. 그래, 어디부터 공략하는 것이 좋겠는가. 나는 먹잇감이 있는 브루니스 왕국부터 먼저 처리하면 좋겠는데."

마계에서 가장 강한 힘을 가지게 된 마아드였지만 여전히 기운에 목말라하고 있었다.

당장이라도 최진기와 그의 스승의 기운을 흡수하고 싶었다.

그리고 이번 전쟁이 끝나면 약속을 어기고 다른 흡수 계통의 악마의 기운마저 모조리 흡수할 생각이었다.

그에게 가장 중요한 것은 강해지는 것이었고, 강해지기 위해 수단과 방법을 가릴 생각은 전혀 없었다.

"제 생각으로는 브루니스 왕국을 가장 나중에 처리하는 것이 좋을 것 같습니다. 마아드 님께서 브루니스 왕국을 먼저 치려고 하시는 것은 이해하지만 쉬운 상대부터 차근차근 정리해야 몬스터를 보존할 수 있습니다. 가장 맛있는 음식은 나중에 먹는 게 제맛이지 않겠습니까."

"그럴지도 모르지. 알겠네. 그러면 내일까지 전쟁 계획을 수립해 와라. 본격적인 전쟁을 준비할 시간이 되었다."

와치스가 죽은 이상 악마의 탑에 남을 필요는 없었다.

이제는 마왕이 되기 위한 단계를 밟아 나갈 일만 남았다.

인간계를 완벽히 점령한 최초의 마왕이 되는 게 마아드의 꿈이었다.

그리고 그는 그 꿈을 이룰 시간이 얼마 남지 않았다고 생각했다.

\*　　　\*　　　\*

검은 고리의 기운을 이해하고 능숙하게 사용하기 위해서는 수련이 필요했다.

지금까지 해왔던 수련을 다시 복습한다는 생각으로 조금씩 기운에 익숙해져갔다.

그러는 동안에도 데빌 도어를 파괴하기 위해 수도 근방으로 이동했다.

하루에 3개의 데빌 도어를 파괴할 수 있었던 이전과 달리, 검은색의 고리를 가지게 된 지금은 하루에 10개가 넘는 데빌 도어를 파괴할 수 있게 되었다.

고작 3일이 지났을 뿐이지만 수도 근방의 데빌 도어 모두를 부술 수 있었다.

하지만 여전히 많은 데빌 도어가 남아 있다.

브로안과 스승님이 있는 곳의 데빌 도어를 없애기 위해서는 최소 일주일이 더 필요했다.

브루니스 왕국에 있는 모든 데빌 도어를 없애기 위해서는 한 달 이상의 시간이 필요하기도 했다.

한 달이나 시간이 주어질까?

아마 힘들 것이다. 일주일도 장담하지 못한다.

그래도 남은 시간 동안 최대한 많은 데빌 도어를 파괴해 분산된 전력을 집중시켜야 한다.

마차를 타고 다음 데빌 도어가 있는 곳으로 이동했다.

그러고는 익숙한 방법으로 데빌 도어의 주인이 되었다가 포기하기를 반복해나갔다.

그러기를 일주일.

드디어 스승님과 브로안이 있는 지역에 도착했다.

하지만 오늘은 평소와 매우 다른 분위기를 풍기는 데빌 도어가 나를 기다리고 있었다.


"어떻게 된 거야! 갑자기 왜 악마의 탑이 폭주하고 있는 거야!"

가장 전방에서 군사들을 지휘하고 있는 브로안에게 뛰어가 말했다.

갑자기 나타난 내 모습에 반가움이 잠시 스쳐 지나갔지만 지금은 폭주하고 있는 악마의 탑에 대해 설명하는 것이 우선이라고 생각하는 브로안은 안부 인사를 생략했다.

"모르겠어요. 갑자기 오늘 오전부터 악마의 탑에서 몬스터들이 떼거지로 쏟아져 나오고 있어요. 수가 많은 건 그렇다 치고, 이제는 층수와 상관없는 몬스터들이 나와요. 어제까지만 해도 악마의 탑 4층에 서식하는 몬스터들이 나왔는데, 지금은 모든 층의 몬스터들이 나오고 있어요."

결국 그 시간이 찾아오고 말았다.

한 달만, 아니 일주일만 시간이 더 있었다면 데빌 도어의 수를 많이 줄일 수 있었을 것이다.

겨우 수도 근방의 데빌 도어만을 파괴했을 뿐이다.

이제부터 본격적인 항마 전쟁이 시작되는 것이다.

"일단 저기 있는 데빌 도어부터 처리하고, 대화를 계속하자. 부관은 당장 왕국과 동맹국들에게 악마의 탑 폭주에 대해 알리고 상황을 파악해라."

"알겠습니다."

부관이 급히 롱구스를 휴대하고 있는 병사를 찾아 이동했고, 우리는 원거리 무기를 이용해 데빌 도어에서 쏟아져 나오고 있는 몬스터들에게 아크타르를 선물해 주었다.

"인간계의 빛을 감상하기도 전에 죽여서 미안하지만, 초대받지 않은 손님을 환영해 주고 싶지는 않다고."

브로안은 발포 명령을 내리면서 몬스터들의 명복을 빌어주기까지 했다.

아직은 여유가 있다. 몬스터만 보일 뿐, 마족이나 악마의 모습이 보이지 않는다.

펑! 퍼어엉!

동시에 터지는 아크타르에 의해 데빌 도어 주변은 쑥대밭이 되어갔다.

이렇게 전쟁이 끝나면 얼마나 좋겠는가.

하지만 몬스터에게서 느껴지지 않던 강한 기운이 데빌 도어에서 느껴졌다.

"마족이 모습을 드러낸 것 같다. 병사들에게 전투 준비를 내려라."

이 정도 기운이면 데빌 도어 5층 정도에서 서식하는 마족이다.

일대일로 상대해도 어렵지 않게 이길 수 있는 상대지만, 얼마나 많은 마족이 튀어나올지 모르는 상황에서 섣불리 움직였다가는 불의의 일격을 맞고 휘청거려야 할지도 모른다.

지금은 원거리 무기를 이용해 최대한 몬스터의 수를 줄이는 데 집중해야 했다.

"형님! 전방에서 마족 하나가 뛰어오고 있습니다."

원거리 무기의 폭격을 뚫고 달려오는 마족은 6개의 발을 가지고 있었다.

말보다 훨씬 빠른 속도로 달려와 먼지마저 길을 내주고 있었다.

"내가 상대할 테니, 너는 병사들을 지휘해라."

아이템을 착용하고 있는 기사들과 병사들이면 마족을 막을 수 있기는 했다.

하지만 피해를 최소화하기 위해서는 나나 브로안이 움직이는 것이 최선이었고, 방어에 특화되어 있는 브로안보다 내가 상대하는 것이 시간을 아낄 수 있다고 판단했다.

병사들이 주둔하고 있는 방벽을 뛰어넘어 마족이 달려오고 있는 곳을 향해 뛰어내렸다.

변종 말처럼 생긴 마족은 나를 뚫고 지나갈 생각인 듯했다.

"그런 공격은 이미 수도 없이 당해봤다고! 어디서 발길질이야!"

앞발을 들어 올리는 마족의 발을 그대로 손으로 잡아 뜯었다.

단단한 근육이 꽤나 매력적인 마족이었지만 오늘부터 고깃

덩어리가 될 뿐이다.

히이이잉!

"아프지? 그러니까 왜 인간계로 넘어와서 이 고생을 하냐고. 그냥 얌전히 마계에 있었으면 이런 고통을 느끼지 않아도 되잖아!"

말고기가 되어버린 마족을 두고는 전방에 집중했다.

아직은 다른 마족이나 악마의 모습이 보이지 않았고, 계속되는 폭격에 서서히 데빌 도어가 닫히기 시작했다.

아직 많은 몬스터가 남아 있긴 했지만 지금 움직이지 않으면 여기에 있는 데빌 도어를 파괴할 기회가 더는 없을지도 모른다.

한 개라도 더 데빌 도어를 파괴해야만 몬스터의 영역을 줄일 수 있다.

"브로안! 원거리 무기의 발포를 중지하고, 전 병력 돌진 명령을 내려!"

나는 브로안을 향해 소리를 지른 후 몬스터가 있는 전장으로 달려갔다.

몬스터의 피와 살점이 덕지덕지 묻어 있는 땅을 밟는 기분은 상당히 더러웠고, 기분을 풀기 위해 앞을 막는 몬스터의 몸에 기다란 검상을 남겨주었다.

고리의 기운은 이미 활성화되어 있었고, 문양은 나에게 강한 힘을 주고 있다.

앞으로 달려가는 속도를 줄이지 않은 채 몬스터를 도륙해 빠르게 데빌 도어에 도착할 수 있었다.

브로안이 지휘하는 병력들도 방벽을 열고 달려 나오자 몬스터와 인간의 전면전이 시작되었다.

압도적인 수라 우리가 유리했지만 원거리 무기를 사용하면 입지 않을 피해를 입어야만 했다. 하지만 데빌 도어를 없애기 위해서는 작은 피해는 감수해야 한다.

가장 많은 몬스터가 모여 있는 곳은 데빌 도어 주변이었고, 나는 데빌 도어를 파괴하기 위해 몬스터들을 착실히 사냥해 나갔다.

이런 식으로는 다시 데빌 도어가 작동하고 말겠어.

검을 길게 휘둘러 몬스터와의 거리를 넓힌 후, 나는 고리의 기운을 손바닥으로 집중시켰다. 그러고는 작은 회오리를 만들었다.

몬스터를 살상하기에는 좋지 않은 방법이었지만 몬스터를 밀어내기에는 회오리가 제격이었다.

휘이이이!

빠른 속도로 회전하는 회오리의 영향으로 몬스터들은 데빌 도어에서 떨어져 나가기 시작했고, 나는 주변에 있는 병사 3명을 끌고 와 데빌 도어에 앉혔다.

그 순간 붉은색의 차원 문이 생겨났고, 바로 기운을 집어넣어 데빌 도어의 주인이 되었다.

차원 문에 기운을 넣으면서 회오리를 유지하는 것은 쉽지 않았지만 검은색으로 강화된 고리를 가지고 있었기에 가능했다.

피시시식!

차원 문이 빛을 잃었다. 악마의 탑 10층과의 연결 고리를 완전 끊은 상태에서 내 기운마저 끊겨 버리자 갈 길을 잃고 소멸해 버린 것이다.

남은 몬스터는 상당수였지만, 브로안이 지휘하는 군사들의 무력에 무릎을 꿇었고, 땅에 처박혀 마지막을 맞이했다.

"브로안, 여기는 정리가 끝났으니 바로 스승님이 계신 곳으로 이동하자. 거기도 여기와 상황이 다르지 않을 거야."

스승님이 있는 지점은 여기서 한 시간 거리에 있는 곳이었다.

수도로 들어오는 요충지는 크게 두 곳이었고, 브로안과 스승님이 담당했다.

그곳만 지킨다면 우리는 안정적으로 수도를 방어할 수 있다.

"알겠습니다. 모든 군사들은 진영으로 돌아가 이동할 준비를 해라!"

브로안이 지휘하는 군사들은 몬스터의 잔해에서 떨어진 아이템과 부산물을 회수하지도 못한 채 진영으로 돌아가 짐을 꾸렸다.

군사들을 기다릴 시간은 없다. 나는 브로안에게 군사들을 부탁하고는 먼저 스승님이 있는 곳으로 이동했다.

기운의 대부분을 다리 쪽으로 보내 이동 속도를 높여 이동했기에 20분도 걸리지 않아 스승님이 계신 진영에 도착할 수 있었다.

스승님이 계신 곳도 아비규환이었다. 엄청난 숫자의 몬스터들이 데빌 도어를 통해 넘어오고 있었고, 몬스터들을 막기 위해 병사들은 쉴 새 없이 원거리 무기를 작동시키고 있다.

스승님은 지휘에는 능력이 없었기에 부관이 군사들을 지휘하고 있었고, 스승님은 방벽 가장 높은 곳에서 몬스터들의 동태를 살피고 있었다.

"스승님, 제가 왔습니다."

"수도는 어떻게 하고 온 거냐?"

"데빌 도어를 파괴하는 방법을 찾았습니다. 수도 근처에 있는 데빌 도어를 모두 파괴했습니다. 브로안과 그가 이끄는 군대도 조만간 이곳으로 합류합니다."

"데빌 도어를 파괴할 방법이 있다는 말이냐?"

"그렇습니다."

대화를 하는 동안 미처 살피지 못했던 스승님의 옷이 눈에 들어왔다.

구멍투성이의 옷에는 피가 덕지덕지 묻어 있었다.

원거리 무기만을 사용해 전투를 치렀다면 절대 이런 상처가 생길 리 없었다.

"마족과 전투를 하셨습니까?"

"그래, 방금 전에 마족 한 마리를 처리하고 오는 길이다. 꽤나 강한 녀석이더구나."

부상은 찾아볼 수 없었다. 아마 천사의 눈물을 복용해 상처를 치료했을 것이다.

"데빌 도어가 다시 열린 지 얼마나 되었습니까?"

"내가 마족을 상대하는 동안 데빌 도어가 잠시 닫혔었다. 다시 열린 지 얼마 되지 않았다."

데빌 도어가 다시 닫히려면 몇 시간이 걸릴지 모른다.

지금은 원거리 무기로 몬스터들이 다가오지 못하게 하고 있지만 아크타르가 무한정 있는 것은 아니었기에 이대로 가다가는 전면전이 벌어질지도 몰랐다.

그 전에 보급품을 가지고 있는 브로안이 도착해야만 피해를 줄일 수 있다.

"강한 기운이 느껴지는구나."

스승님이 말하기 전에 나는 이미 데빌 도어로부터 마족의 기운을 느끼고 있었다.

"이번에는 제가 상대하겠습니다."

나는 스승님의 대답을 듣기도 전에 방벽을 뛰어 내려가 마족이 있는 방향으로 향했다.

이번 마족도 힘에 능력치를 올인했는지 무식하게 방벽을 향해 뛰어오고 있었지만 고리의 기운을 검에 실어 단숨에 반으로 갈랐다.

마족을 처리하고 다시 방벽으로 오르자 다시 마족의 기운이 데빌 도어에서 느껴졌다.

이거, 똥개 훈련시키는 것도 아니고, 한 마리씩 계속 나오네.

그래도 아직은 악마가 아니라 마족이 나오고 있다.

다시 나는 방벽에서 뛰어 내려가 마족을 상대하는 것을 반복했다.

데빌 도어는 닫힐 생각을 하지 않았고, 우리는 아크타르를 소모하며 몬스터를 제지하고 있었다.

"형님, 제가 왔습니다!"

브로안이 군대를 이끌고 도착했다.

벌써 시간이 이렇게 흘렀나.

브로안이 군대를 이끌고 이곳까지 도착하려면 최소 한 시간 이상 걸렸다.

전투를 치른 지 벌써 한 시간이 넘게 지났다니.

전투에 집중하다 보니 시간 가는 것을 모르고 있었다.

"너 혹시 신의 세례를 받은 적 있어?"

"네? 갑자기 무슨 헛소리세요?"

"네가 행운의 남신 같아서 하는 말이야. 드디어 데빌 도어가 닫히려고 하고 있어."

브로안이 도착한 지 얼마 지나지 않아 데빌 도어의 차원 문이 서서히 힘을 잃어가고 있었다.

"스승님, 그리고 브로안, 전 병력을 이끌고 몬스터와 전면전을 준비해."

브로안은 내가 데빌 도어를 부수는 장면을 목격했기에 아무런 말도 하지 않고 병사들을 준비시켰고, 스승님도 부관에게 말해 군사들을 무장시켰다.

나는 이번에도 먼저 뛰쳐나가 몬스터들을 도륙했다.

그 모습에 스승님도 방벽을 넘어왔다.

"혼자 재미 보게 둘 수는 없지. 나야 군대를 지휘하는 사람도 아니니 이렇게 나와도 상관없지 않느냐."

나는 대답 대신 이빨을 보이며 웃었다.

나와 스승님은 고리의 기운을 이용해 몬스터들을 사냥했고, 우리의 뒤를 따라 군대가 방벽을 열고 나왔다.

엄청난 양의 피가 전장에 웅덩이를 만들어 사방에서 피 냄새가 진동했다.

그렇게 많은 피를 맛보며 나는 데빌 도어에 도착했고, 전과 같은 방식으로 데빌 도어를 파괴했다.

데빌 도어를 파괴하며 한참 동안이나 전투는 지속되었고, 해가 모습을 감추려고 할 때가 돼서야 몬스터들을 모두 쓰러뜨릴 수 있었다.

"이제는 수도로 돌아가야 합니다. 여기서 시간을 보내는 것보다 수도의 병력에 합류하는 것이 방어를 하는 데 더욱 유리합니다."

재정비할 시간이 필요했다.

요충지 두 곳의 데빌 도어를 파괴했기에 그곳까지 다시 몬스터가 들어오려면 시간이 필요했고, 그 시간 동안 정비한 후 돌아와야 했다.


브로안과 스승님이 이끄는 병사들을 데리고 다시 수도로 돌아왔다.

최대한 빠르게 수도로 돌아가야 했기에 잠을 자지 않고 걸어야만 했다. 병사들의 상태는 좋지 않았다.

"모든 병력들은 지금 당장 휴식을 취해라. 다른 명령이 있기 전까지 최대한 체력을 비축해라."

"브루니스 왕국을 위하여!"

군대는 해산했고, 우리는 재정비를 위해 바삐 움직였다.

공장에서 찍어내고 있는 아크타르를 보관 상자에 담은 후 강화된 아이템들을 보급해 주었다.

그리고 다른 국가의 상황도 파악했다.

아직 몬스터에게 점령된 국가는 없었다.

우리가 많은 무기와 아이템을 지급해 주었기에 견디고 있는 것이다.

하지만 악마가 데빌 도어에서 나오는 순간 견디지 못하는 국가가 생길 것이다.

그 전에 최대한 브루니스 왕국을 정리해야 했다.

무수히 많은 몬스터가 데빌 도어를 통해 나오고는 있지만 분명 끝은 있을 것이다.

끝을 볼 때까지 다른 국가들이 견디기를 간절히 기도했다.

세계는 항마 전쟁으로 고통을 받고 있었고, 사람들은 평화를 기다리며 숨어 지내야만 했다.

얼마나 많은 사람들이 이번 전쟁에서 죽어나갈지 모른다.

무고한 시민들의 죽음이 안타깝지만, 지금 당장 우리가 해 줄 수 있는 것은 없다.

오직 몰려오는 몬스터를 막아내며 마지막 전투를 기다리는 것 말고 무엇이 있겠는가.

전쟁의 끝이 언제일까. 그리고 흡수 계통의 악마들은 언제 찾아올까?

심장 박동이 점점 빨라진다. 긴장감에 피가 빠르게 흐르고 있었다. 진정되기 위해서는 이 지옥 같은 전쟁이 끝나야만 했다.


*　　　*　　　*


악마들이 모여 있는 곳은 사람이 모여 있는 곳과 마찬가지로 시끌벅적하다.

자신의 의견을 피력하고, 통과시키기 위해 언성을 높인다.

악마의 탑 10층에서는 지금 마아드와 그의 수하들이 인간계 정복 계획을 세우기 위해 회의를 하고 있다.

"마아드 님, 인간계를 정복하는데 굳이 계획을 세워야 합니까? 일전에 제국 두 곳을 침공했던 것처럼 그냥 공격하면 정복이 가능하다고 생각됩니다."

악마들은 강한 공격성을 가지고 있다. 그 말은 생각보다 먼저 몸을 움직이고 싶어 한다는 뜻이었다.

마아드의 파벌에 속한 악마들이 유독 그랬다.

마왕의 부활을 기다리지 못하고 인간계로 나가 피의 잔치를 벌이고 싶어 하는 그들이었기에 쉽게 통제가 되지 않았다.

하지만 마아드는 통제되지 않는 악마들에게 언성을 높이거

나, 강제로 통제하려고 하지 않았다.

그의 목적은 마왕이 되는 것이었지만 아직은 저들 모두와 상대하기에는 힘이 부족했다.

일대일로는 마아드를 상대할 악마가 없었지만 새로이 파벌에 들어와 수장 노릇을 하는 마아드를 곱지 않은 시선으로 보는 악마도 있었기에 지금은 악마들을 통제하기보다는 의견을 들어주는 데 주력하고 있었다.

그런 이미지 컨설팅은 사무드가 마아드에게 알려주었다.

마아드의 파벌에 속한 악마 중 가장 약한 마기를 가지고 있는 사무드였지만 마아드는 그의 머리를 믿었다.

항상 헛소리만 지껄이는 다른 악마들보다 머리를 사용하는 사무드의 의견에 더욱 신뢰가 가는 것은 당연했다.

"이전과는 상황이 많이 달라지지 않았는가. 인간들은 우리를 경험했고, 악마의 탑에서 얻은 아이템으로 무장하고 있네. 지금도 악마의 탑의 몬스터들이 인간계를 공격하고 있지만 점령된 국가가 없네."

"지능이 떨어지는 몬스터들한테 무엇을 기대하겠습니까. 몬스터들은 소모품에 불과합니다. 우리가 인간계로 가는 순간 몬스터들이 빛나지 않겠습니까?"

몬스터와 별반 다르지 않은 지능을 가지고 있는 악마의 말에 마아드는 비웃음이 터져 나오려는 것을 간신히 참아냈다.

"일단은 노선을 정하는 것이 좋겠네. 현재 인간계에서 가장 강한 브루니스 왕국을 가장 마지막에 공략하는 게 어떻겠나. 상대적으로 약한 전력을 가지고 있는 서부 지역을 먼저 공략하는 게 좋겠네."

마아드의 계획에 모든 악마들이 동의한 것은 아니었지만 하루라도 빨리 인간계로 넘어가 인간의 피를 마시고 싶어 하는 악마들은 계획이야 어떻든 빨리 인간계로 넘어가고 싶은 생각뿐이었기에 마아드의 계획에 동의했다.

"알겠습니다. 그러면 언제 인간계로 넘어가면 되는 겁니까? 그리고 악마의 탑에서 모은 생기로는 우리 모두 인간계로 넘어갈 수 없지 않습니까. 인간계로 넘어갈 악마를 어떤 방식으로 선발할 생각입니까?"

와치스의 마지막 발악으로 인간계로 넘어가기 위한 생기가 더욱 부족해졌다.

인간들은 더 이상 악마의 탑으로 들어오지 않고 있어서 더더욱 생기를 구할 방법이 없었다.

하지만 인간계로 넘어간 악마들이 강제로 인간을 악마의 탑으로 밀어 넣는다면 생기를 구할 수 있다.

그러기 위해서는 살육에 미친 악마보다 조금이라도 생각을 하는 악마를 선발대로 인간계에 보내는 것이 옳았다.

하지만 피에 굶주려 있는 악마들 중 후발대로 밀려나고

싶어 하는 악마는 없었기에 서로 먼저 인간계로 가려고 했다.

"마기가 강한 악마가 먼저 인간계로 나가야 하지 않겠습니까? 인간들에게 악마의 무서움을 뼛속 깊이 심어주기 위해서는 무조건 마기가 강한 악마가 1순위가 되어야 합니다!"

자신의 의견을 강하게 말하고 있는 이는 마계에서 10위권 안에 들어가는 상위 계층의 악마인 폰트니였다.

폰트니는 키가 5m가 넘었고, 8개의 손으로 상대를 찢어발기는 것을 취미로 하는 고약한 악마였다.

자신보다 조금이라도 약한 존재의 명령은 절대 듣지 않았고, 항상 전투에 굶주려 있었다.

그는 항상 자신의 힘을 과시하고 싶어 했고, 당연히 인간계로 나가고 싶어 했다.

그가 인간계로 넘어간다면 생기를 모으기 위한 작업을 하기보다는 피를 마시기 위해 사방팔방 뛰어다닐 것이 분명했다.

하지만 그를 악마의 탑에 붙잡아 둘 수는 없었다.

만약 그를 제외하고 선발대를 꾸린다면 인간 대신 다른 악마들이 그의 손에 소멸될지도 모른다.

한발 물러난 마아드를 대신해 사무드가 폰트니의 말을 받았다.

"당연히 폰트니 님이 선발대를 지휘해야 됩니다. 하지만 귀찮은 일을 좋아하지 않는 폰트니 님을 대신해 몬스터를 조종할 악마가 필요하지 않겠습니까?"

"그건 그렇지. 나는 전투를 좋아하지, 몬스터들을 조종하는 건 딱 질색이니까."

"인간들에게 무서움을 심어주는 건 폰트니 님으로 충분하다고 생각합니다. 마계에서도 강하기로 소문난 폰트니 님이라면 인간들에게 강함이라는 것이 무엇인지 충분히 각인시켜 줄 수 있습니다. 그러니 선발대에 포함될 다른 악마들은 폰트니 님을 대신해 몬스터를 조종하고 생기를 모으는 작업을 할 수 있는 악마들이 적합하지 않겠습니까?"

"뭐, 나야 나만 선발대에 포함되면 누가 선발대에 포함되든 상관없지."

"그러면 다른 선발대는 생기를 모을 수 있는 악마들로 선발하겠습니다."

사무드의 말에 인간의 피를 보고 싶어 하는 악마들이 반발했지만 폰트니의 눈빛 한 번에 가볍게 정리되었다.

사무드는 이미 이런 상황을 예상하고 선발대를 생각해 두었기에 당장 명단을 발표했다.

"그러면 이제 인간계로 넘어가면 되는 건가? 벌써부터 피가 끓어오르는군."

인간계로 넘어가는 악마의 수는 열이 넘지 않았다.

 하지만 그들이 가지고 있는 능력을 생각한다면 많은 수였
다.

 브루니스 왕국을 제외한 국가라면 악마들을 막아낼 방법이
없어 보였다.

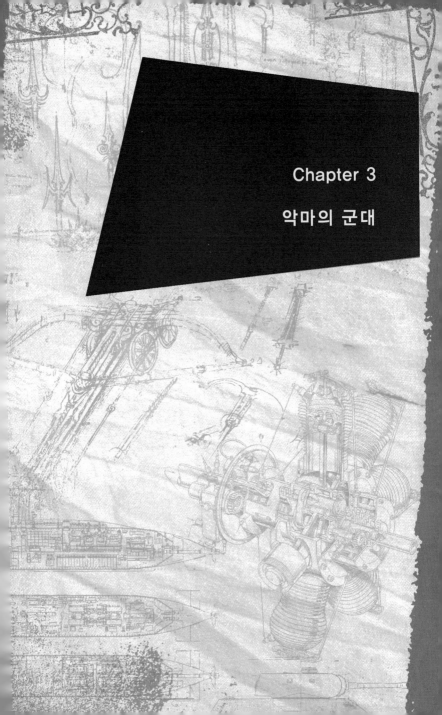

Chapter 3

악마의 군대

서부 지역의 국가는 탄트 왕국을 중심으로 뭉쳤었지만 탄트 왕국의 잦은 실수와 몬스터의 범람으로 교류가 점점 줄어들었다. 그래서 이제는 각자 살길을 찾아 움직였다.

아무리 조공을 바쳐도 탄트 왕국의 지원을 기대할 수 없는 상황이니, 당연히 다른 소국가들은 탄트 왕국과의 교류를 끊었고, 차라리 멀리 있는 브루니스 왕국의 지원을 바라며 알랑방귀를 뀌었다.

하지만 서부는 위치적으로 브루니스 왕국과 상당히 거리가 있었음에도 많지는 않지만 아이템과 원거리 무기를 지원받을 수 있었다.

그러나 그들과는 다르게 탄트 왕국은 자존심을 세우며 브루니스 왕국에게 지원 요청을 하지 않아 오로지 기사와 군대만으로 몬스터를 막아내야 했고, 빠르게 영토를 몬스터에게 내주고 있었다.

그리고 지금 탄트 왕국은 이전과는 차원이 다른 위기를 맞이하게 되었다.

"흐으음! 역시 인간계의 공기는 다르단 말이야. 말랑말랑한 인간들의 냄새가 벌써부터 나를 자극시키는구나. 나는 먼저 이곳의 수도를 공격하겠다. 너희들은 생기를 모으는 작업을 하면서 몬스터를 조종해라."

탄트 왕국의 수도에서 멀지 않은 곳에서 악마들이 모습을 드러냈다.

고삐 풀린 망아지처럼 날뛰던 몬스터들은 악마의 등장에 숨소리마저 죽이며 작은 움직임도 보이지 않고 있었다.

"알겠습니다. 나머지 일은 저희가 알아서 처리하겠습니다. 폰트니 님은 아무 걱정 하지 마시고 피의 잔치를 즐기십시오."

"사무드가 마기는 약해도 악마 보는 눈은 있군. 이렇게 내 말에 토를 다는 자가 없으니 얼마나 편한지 모르겠어. 그럼 나는 먼저 움직이겠다."

폰트니는 발에 힘을 주어 순식간에 데빌 도어에서 사라졌다.

그는 본능적으로 강한 인간이 있는 곳을 찾아갔다.

중간에 인간들이 모여 있는 마을을 발견했지만 그런 피라미들에게 시간을 쓰고 싶지는 않았기에 무시하고 달려갔다.

그들은 모르겠지만 죽음의 위기를 자신도 모르는 사이에 넘긴 것이다.

이윽고 폰트니의 발이 멈추었다.

"강한 인간의 기운이 느껴지는군. 하지만 이 정도는 선발대로 데리고 온 악마들로도 충분히 상대가 가능해 보이는데. 사무드는 우리의 힘을 과소평가하는 경향이 있군. 어쨌든 내가 가장 먼저 재미를 보게 되었으니 상관은 없지만 말이야. 크크크크."

한창 몬스터를 막아내기 위해 안간힘을 쓰고 있는 탄트 왕국의 기사단은 갑자기 물러나는 몬스터의 이상 행동에 어리둥절하고 있었다.

무기를 내려놓아도 되는 건가? 드디어 휴식을 취할 수 있을까?

그들의 생각은 헛된 망상이었다.

"약한 상대와 싸우게 해서 미안하군."

몬스터들은 좌우로 흩어져 길을 만들었고, 그 길을 따라 폰트니가 모습을 드러냈다.

인간의 머리를 하고 있지만, 8개의 팔을 가지고 있는 폰트니의 모습에 탄트 왕국의 기사단은 입을 다물지 못했다.

"그렇게 멍하니 있으면 내가 심심하지. 덤벼라!"

폰트니는 모든 팔을 양옆으로 벌려 기사단을 자극했지만 기사단은 쉽사리 움직이지 못했다.

폰트니가 기사단이 정신을 차릴 때까지 기다려줄 리 없었다. 그는 발을 강하게 굴려 기사단을 향해 달려갔다.

가장 선두에 있던 부기사단장이 먼저 폰트니의 손에 붙잡혔다.

폰트니는 부기사단장의 사지를 팔로 잡아 뜯어내었다.

살아 있는 상태에서 사지가 잘리는 고통을 느껴야 하는 그는 빨리 죽여 달라는 말만 연신 내뱉었고, 폰트니는 그의 부탁을 거절하지 않았다.

"아직 부족해. 겨우 이런 상대를 만나려고 인간계로 넘어온 것이 아니다. 더 많은 피를 마시고 싶다."

부기사단장의 목을 뜯어낸 폰트니는 얼굴을 묻고 그의 피를 들이마셨다.

"부기사단장님!"

이제야 정신을 차린 건가?

기사단은 폰트니를 향해 달려들었다. 하지만 그런 기사단의 행동은 수명을 단축시킬 뿐이다.


*　　*　　*


"탄트 왕국이 점령됐다는 소식입니다!"

데빌 도어를 통해 넘어오는 몬스터들과 마족들을 상대하느라 더럽혀진 옷을 갈아입고 다른 국가들에 대한 정보를 듣기 위해 찾은 왕궁에서 좋지 않은 말을 듣게 되었다.

"우리에게 지원을 받지 않았다고는 하지만, 탄트 왕국은 서부에서 가장 강한 군대를 가지고 있는데 어떻게 가장 먼저 몬스터들에게 함락되었다는 거지?"

"악마가 모습을 드러냈다고 합니다. 악마 하나가 탄트 왕국의 기사단을 도륙하고, 수도에 거주하고 있는 군대를 전멸시켰다고 합니다."

드디어 악마가 모습을 드러낸 건가.

악마가 모습을 드러낸다면 가장 먼저 우리 왕국을 찾아올 거라고 예상했었다.

하지만 악마는 우리 왕국과 상당히 떨어진 탄트 왕국에 모습을 드러냈다.

우리 입장에서야 시간을 더 벌게 되어 다행이긴 했지만, 서부권 국가들의 비명이 들려오는 것 같았다.

그들의 비명 소리가 헛되게 해서는 안 된다.

최대한 빠르게 브루니스 왕국의 데빌 도어를 파괴하고 다른 국가들을 지원해 줘야 한다.

하지만 우리의 속도는 너무도 느렸다.

끊임없이 넘어오는 몬스터들과 마족을 상대하며 데빌 도어를 파괴하는 것은 쉽지 않은 일이었고, 하루에 한두 개의 데빌 도어를 파괴하는 것이 전부였다.

전국에 몇 개의 데빌 도어가 있는지 정확하게 파악되지 않은 지금, 주어진 시간 내에 왕국에 있는 데빌 도어를 전부 파괴할 수 있을지는 미지수였다.

어떻게 하는 게 좋을까.

브루니스 왕국은 내가 없어도 방어가 가능하다.

그렇다면 나와 브로안, 그리고 스승님이 데빌 도어를 통해 서부권으로 넘어가 악마들을 상대하는 게 좋을까?

아니다 섣불리 행동했다가는 마지막 남은 희망마저 뽑혀버릴지도 모른다.

안타깝지만 서부권 국가들을 도울 방법은 없다.

"젠장!"

욕이 튀어나오려고 한다.

분노에 정신 이상 환자처럼 손발이 떨려왔다.

옷을 갈아입는 것은 사치였다.

나는 다시 왕궁을 빠져나가 군대가 주둔하고 있는 지역으로 이동했고, 다시금 몬스터와 마족을 상대로 전투를 벌였다.

고리의 기운을 아끼며 전투를 벌이는 것은 이제 포기했다.

최대한 빠르게 데빌 도어를 정리해야 한다.

조금씩 영역을 넓혀가고 있긴 하지만 너무도 더디다.

"형님, 너무 무리하시는 거 아닙니까? 장기전입니다. 기운을 아껴야만 합니다."

내 속을 모르는 브로안이 나를 걱정했지만 지금은 기운을 아낄 때가 아니다.

"당장 군대를 진군시켜라. 최대한 빨리 데빌 도어를 파괴해야 한다. 그러지 않으면 희망이 없다."

자세한 설명은 하지 않았지만 브로안은 내 표정에서 심각함을 읽었는지 다른 말을 하지 않고 진군 명령을 내렸다.

끊임없이 밀고 나오는 몬스터들을 정리하고, 데빌 도어가 닫히는 짧은 순간을 노려 또 하나의 데빌 도어를 파괴했다.

이런 속도로는 한 달이 지나도 브루니스 왕국의 데빌 도어를 정리할 수가 없다.

더 빠르게 움직여야 한다.

"젠장, 한 달만 먼저, 아니 일주일만 먼저 데빌 도어를 파괴하는 방법을 알아차렸다면 좋았을 텐데."

*　　　*　　　*

악마의 탑이 열리고 4개월이 흘렀다.

드디어 브루니스 왕국에 있는 데빌 도어 전부를 파괴할 수 있었다.

잠시 동안 환호성을 지를 수는 있었지만 성취감은 오래가지 못했다.

"현재 세계의 절반이 악마의 손에 넘어갔습니다. 서부 지역을 시작으로 동부 지역까지 몬스터를 조종하는 악마들이 이동하고 있습니다."

4개월은 내 생각보다 더 긴 시간이다.

악마들이 넘어오는 순간 2개월 안에 동부 지역까지 밀고 들어올 줄 알았다.

하지만 그들은 매우 느린 속도로 움직였다.

탄트 왕국을 하루 사이에 점령할 정도의 전력을 가지고 있으면서 그들이 느리게 움직이는 것은 2개월이 지나서였다.

동맹 국가들에게 보급품을 전달해 주기 위해 악마의 탑을 이용해 이동하려고 했을 때 크레닌이 알려주었다.

인간의 생기를 강제로 모으는 작업을 하고 있었다니.

악마의 탑에서 생긴 파벌 싸움에 대해서는 정확히 알지 못했다. 하지만 파벌 싸움 덕분에 시간을 벌었다.

악마들이 인간계로 넘어오기 위한 생기가 부족했기에 4개월이라는 시간을 벌 수 있었다.

하지만 이제는 모든 악마들이 넘어올 수 있을 정도의 생기가 모였다.

서부 지역에서는 살아 있는 사람을 찾아볼 수가 없다고 한다.

악마의 등에 떠밀려 악마의 탑으로 들어가 인간계로 넘어오고 싶어 하는 악마들의 연료가 되어 버렸다.

"이제 우리도 움직여야 할 때가 되었습니다. 수비만 해서는 미래가 없습니다."

아다드 왕에게 독대를 청할 수 있는 귀족은 많지 않았고, 그중 한 명이 나였다.

아직 자작의 직위를 가지고 있었지만 가지고 있는 권력은 백작 그 이상이었다.

하지만 이런 권력 따위는 어떻게 되어도 상관이 없다.

직위를 팔아 항마 전쟁에서 유리한 고지를 차지할 수 있다면 몇 번이고 팔았을 것이다.

아다드 왕은 신중히 고민한 후 입을 열었다.

"우리 왕국의 군대만으로 악마의 군대를 이길 가능성은 얼마나 되는가?"

우리 왕국의 군대는 강하다. 기사들은 물론이고 병사들까지 B급 이상의 아이템을 착용하고 있다. 아이템 공장에서 일하는 장인들이 밤낮으로 쉬지 않고 일한 덕분이었다.

물론 아이템을 활성화시켜 주는 작업은 내가 전부 해야 되었지만 장인들이 없었다면 이런 아이템을 보급해 줄 수는 없었을 것이다.

세계에서 가장 강한 군대를 가지고 있다고 자신할 수 있지만 악마가 이끄는 몬스터 군대가 상대라면 부족하다.

"몬스터만을 상대한다면 가능성은 30% 정도입니다. 하지만 마족과 악마가 함께한다면 우리 왕국의 군대만으로는 이길 가능성은 0%입니다."

절망적인 가능성을 말하고 싶진 않았지만 거짓말은 하고 싶지 않았다.

이게 진실이었다.

우리 왕국의 군대만으로는 악마의 군대를 이길 수가 없다.

특히 상위 능력을 가지고 있는 악마를 상대로는 계란으로 바위 치기나 다름없다

나와 브로안, 그리고 스승님이 악마를 상대로 대등한 전투를 벌일 수는 있지만 악마의 수는 우리보다 많았다.

특히 상위 악마는 우리 3명이 합동 공격을 한다고 해서 이길 수 있는 상대가 아니었다.

희망이 있다면 다른 왕국과 병력을 합쳐 몬스터 군대를 방

어하고 차근차근 악마를 사냥해 내 기운을 키우는 방법뿐이다.

데빌 실을 이용하면 힘을 키울 수 있다. 흡수 계통 악마의 기운을 흡수하는 것에 비하면 미약한 양이지만 그래도 수련을 통해 힘을 키우는 것보다는 훨씬 효율이 좋았다.

6개월 동안 우리 왕국으로 넘어온 악마는 없었다.

마족이 나오기는 했지만 마기 보유량이 떨어지는 마족을 죽인다고 해서 데빌 실을 구할 수가 없었고, 나는 검은색으로 변한 고리를 유동적으로 사용하는 방법을 수련했을 뿐이다.

기운의 양은 6개월 전과 크게 다르지 않았다.

이렇게 정체되어 있어서는 항마 전쟁에서 절대 승리할 수가 없다.

"알겠네. 진군을 허락하겠네."

피부가 누렇게 떠버린 전하가 진군을 허락했다.

이 선택이 옳은 선택이었기를 바라며 나는 전하의 집무실을 빠져나왔다.

나는 브로안과 스승님이 있는 기사단장실로 이동했다.

카인트 공작과 아드몬드의 냄새가 가득 남아 있는 기사단장실의 주인은 이제 브로안이 되었다. 기사단장이 되기에는 아직 많이 부족한 브로안이었지만 그보다 더 강한 기사는 없었고, 자연스럽게 브로안이 기사단장이 되었다.

하지만 브로안이 군사를 운용하지는 않았다. 부기사단장이 브로안을 대신해 기사단을 운용했고, 군대의 최종 지휘권은 나에게 있었다.

"내일 왕국을 떠나 동맹국이 모여 있는 카르닌 왕국으로 이동한다."

제대로 휴식을 취하지도 못했다는 것을 알고는 있었지만 시간을 지체하면 미래가 없다.

"드디어 본격적인 전투를 하는 겁니까? 피라미들만 상대하려니 좀이 쑤셔서 죽는 줄 알았어요. 이제야 제대로 몸을 풀어 보겠네요."

평소보다 더 요란스럽게 말하는 브로안이다.

아무리 둔한 성격을 가지고 있다고 해도 왜 긴장되지 않겠는가.

하지만 브로안은 굳은 분위기를 풀기 위해 과장스럽게 행동했다.

그런 브로안의 모습에 막혀 있던 가슴이 조금 뚫리는 기분이 들었다.

"작전은 어떻게 되나? 우리가 상대했던 몬스터들과는 많이 다르다고 들었네. 악마가 조종하는 몬스터 군대는 인간의 군대보다 더욱 규칙적으로 움직인다고 하던데."

스승님은 산에서 오랜 시간 수련을 하며 보냈기에 세상과

단절된 삶을 살았었다.

친구를 만드는 것에 익숙지 않았고, 대화를 하는 것도 즐기지 않았다.

하지만 기사단과 오랜 시간을 보내면서 조금씩 마음의 문을 열었고, 이제는 브루니스 왕국의 군대에서 없어서는 안 될 인물이 되었다.

"딱히 좋은 방법이 있겠습니까. 우리 왕국의 군대와 원거리 무기로 최대한 몬스터 군대의 수를 줄여야겠죠. 그리고 앞장서는 악마들을 차근차근 흡수해 힘을 키우는 방법이 최선이라고 생각합니다."

"힘든 전투가 되겠어. 흡수 계통 악마들도 인간계로 넘어왔을 건데 하루하루가 피 말리겠어."

흡수 계통의 악마들은 항상 힘에 굶주려 있다.

그들은 강해지기 위해 먼저 우리를 찾아올 것이다.

지금이야 더 상위 악마의 명령에 따라 섣불리 움직이지 않고 있지만, 우리가 스스로 사정권 안으로 들어간다면 눈에 불을 켜고 우리를 찾아다닐 게 분명했다.

위험한 상황이 하루에도 몇 번씩 닥칠 수 있다. 하지만 그 상황은 반대로 우리에게 기회이기도 했다.

몬스터 군대를 상대하면서 흡수 계통의 악마들과 전투를 벌이는 것은 매우 위험하다.

하지만 흡수 계통의 악마들이 탐욕을 이기지 못하고 홀로 우리를 찾아온다면 그들을 통해 강대한 마기를 흡수할 수가 있다.

제발 탐욕스러운 흡수 계통의 악마가 많기를 기도해야 하는 상황인 것이다.

*　　　*　　　*

우리 군대는 빠르게 이동했다.

무거운 짐들은 전부 내 보관 상자 안에 집어넣었고, 무기와 방어구류를 제외한 짐이 없어졌기에 다른 군대와는 달리 빠른 기동력을 가지게 되었다.

그렇게 우리는 빠르게 이동해 동맹국들이 모여 있는 카르닌 왕국에 도착했다.

우리의 합류에 동맹군들은 하늘이 무너질 정도의 환호성을 지르며 우리를 반겼다.

악마의 군대가 코앞까지 도착한 상황이었고, 그들에게는 희망이 없었다.

우리가 그들의 희망이 된 것이다.

나는 브로안과 스승님에게 군대의 관리를 맡기고는 지휘관 막사로 들어갔다.

거기에서는 쥬만드 백작을 비롯한 여러 국가의 지휘관들이 나를 기다리고 있었다.

처음 보는 얼굴도 있었지만 나를 경계하는 지휘관은 없었고, 나는 자연스럽게 가장 상석에 앉아 회의를 진행했다.

"동맹국의 주요 인사들이 전부 이곳으로 와 있다고 들었습니다. 원활한 전투를 위해서는 높은 사람들이 없는 것이 더 유리합니다."

동맹국들의 왕실은 왕궁을 포기하고 카르닌 왕국으로 피난을 와 있는 상황이었다.

전장의 중심이 될 이곳에 각국의 마지막 씨앗이 될 사람들을 둘 수는 없다.

항마 전쟁이 끝나면 다시 왕국으로 돌아가 왕국을 발전시켜야 할 사람들이다.

"주요 인사들을 전부 브루니스 왕국으로 보내는 것이 좋겠습니다. 브루니스 왕국에는 데빌 도어가 남아 있지 않으니 안전하게 지낼 수 있을 겁니다. 이미 아다드 전하에게는 보고를 드렸으니 좋은 대우를 받으며 지내실 수 있습니다."

"감사합니다."

여기에 있는 지휘관들은 전부 왕실과 밀접한 관계가 있는 귀족들이었고, 나의 제안을 매우 감사하게 받아들였다.

소소한 문제 하나를 해결했으니 이제부터는 본격적인 회의를 시작해야 할 시간이 되었다.

"악마의 군대가 일주일 안에 사정거리 안으로 들어온다고 알고 있습니다. 준비는 어떻게 하고 계셨습니까?"

내가 오기 전까지 동맹군을 지휘했었던 쥬만드 백작이 내 질문에 답했다.

"현재로서는 다른 대책을 세우지 못하고 있었습니다. 방벽을 더욱 단단하고 높게 만드는 일에 최선을 다했습니다."

처음 카르닌 왕국에 도착했을 때 나는 생각보다 높은 방벽에 놀랐다.

웬만한 국가의 수도를 지키는 성벽보다 더욱 높고 견고했다.

병사들과 기사들을 투입해 방벽을 보수한 것이 분명했다.

높은 방벽은 중요하다. 특히 우리는 원거리 무기의 장점을 살리기 위해 몬스터들이 왕국 안으로 들어오지 못하게 해야 한다.

"잘하셨습니다. 우리가 가지고 온 원거리 무기들을 악마의 군대가 들어올 수 있는 길목에 집중 투입하도록 하겠습니다. 이번 전쟁은 장기전이 될 겁니다. 최대한 보급에 신경을 써주시기 바랍니다."

장기전이 되면 보급이 문제가 된다. 동맹군과 우리 왕국의 군대가 모여 있는 카르닌 왕국의 식량 사정은 그렇게 좋은 편이 아니다. 겨우 자급자족이 가능한 정도였다.

각국의 군대가 일정량의 식량을 가지고 왔다고는 하지만 장기전이 되면 식량 문제가 야기될 것이 분명했다.

다른 국가들에게 식량을 원조받아야 했다.

카르닌 왕국이 든든한 성벽이 되어 준다면 뒤편에 있는 다른 왕국은 상대적으로 안전해진다.

그들은 자신들의 생존을 위해서라도 우리에게 식량을 보급해 줘야 한다.

그리고 그 임무를 맡은 것은 악마의 탑 덕분에 빠르게 성장한 상인들이 담당했다.

그들은 많은 마차를 가지고 있었고, 보급에 특화되어 있다.

상행위를 하기 위해서는 사람이 남아 있어야 한다. 악마들을 상대로 상행위를 할 생각이 아니라면 말이다.

"그럼 먼저 카르닌 왕국에 있는 데빌 도어의 수를 줄이는 것을 먼저 해야겠습니다."

악마의 군대가 형성된 이후부터 다른 지역의 데빌 도어에서 출몰하는 몬스터의 수는 줄어들었지만 그래도 여전히 위험 요소였다.

일주일의 시간 동안 최대한 데빌 도어의 수를 줄이는 것이 좋았다.

"데빌 도어를 정리하기 위해서는 정예 요원들이 필요합니다.

각국의 정예 기사단을 지원해 주시면 제가 일주일 동안 데빌 도어를 파괴하도록 하겠습니다."

데빌 도어를 파괴할 수 있는 사람은 현재로서는 나 말고는 없다.

스승님의 고리의 기운은 아직 차원 문의 주인이 되기에는 부족한 양이었다.

하지만 흡수 계통 악마의 기운 하나만 흡수한다면 충분히 가능해질 것이다.

회의는 그렇게 끝이 났고, 나는 각국의 기사들을 데리고 데빌 도어가 있는 곳으로 이동했다.

많지 않은 몬스터들이 지키고 있는 데빌 도어였고, 그 주변에는 이미 많은 병사들이 포진하고 있었기에 빠르게 정리가 가능했다.

그렇게 일주일 동안 30개가 넘는 데빌 도어를 정리했고, 카르닌 왕국 외곽 지역을 제외한 모든 데빌 도어를 파괴할 수 있었다.

브루니스 왕국의 데빌 도어를 모두 파괴하는 데 걸린 시간은 4개월이었다.

지금은 몬스터의 수가 확연히 줄어들었고, 데빌 도어가 잠자고 있는 시간이 길어졌기에 가능했다.

그리고 카르닌 왕국의 크기가 작은 것도 한몫했다.

열기구를 타고 올라간 병사가 롱구스를 통해 연락을 해왔다.

—악마의 군대가 사정권에 들어왔습니다.

나는 눈에 기운을 집중해 시야를 넓혔다.

몬스터의 정확한 모습을 볼 수는 없었지만 많은 점들이 다가오는 것은 볼 수 있었다.

전방이 초원이었기에 악마의 군대를 느낄 수 있었다.

"전투 준비를 해라! 원거리 무기를 장전하고 대기하라!"

이제 본격적인 인간의 생존을 위한 전쟁이 시작되었다.

전쟁에서 패배하면 모든 것을 잃게 되는 것은 당연하다.

하지만 이번 전쟁은 인간의 멸망이 걸려 있다.

"장전을 마쳤습니다!"

롱구스를 통해 멀리 떨어져 있는 군대에도 동일한 명령을 내렸고, 통신병들을 통해 장전을 마쳤다는 보고를 들었다.

"발포하라! 몬스터에게 죽음을 알려주어라!"

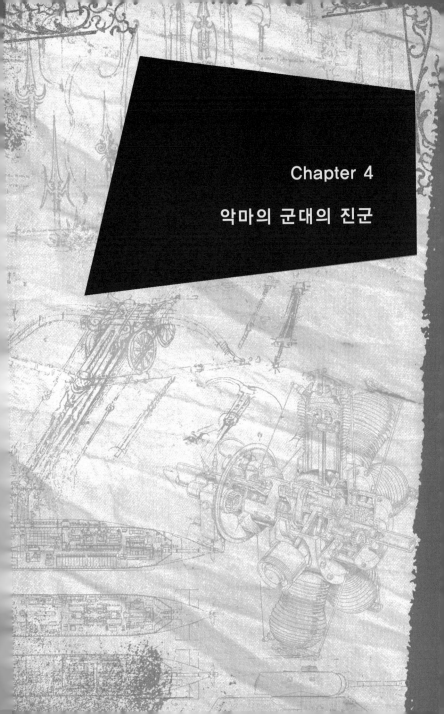

Chapter 4

악마의 군대의 진군

폭음과 아크타르의 매캐한 냄새가 멀리 떨어져 있는 이곳까지 흘러 들어오고 있다.

지금 투하한 아크타르의 양이면 한 왕국의 군대를 초토화시킬 수 있는 양이다.

하지만 악마의 군대는 인간이 아니라 몬스터로 이루어져 있었고, 그들을 지휘하는 악마 중에 방어에 특화되어 있는 능력을 가진 악마가 있는지 아크타르로 피해를 입는 몬스터는 나의 예상보다 적었다.

그래도 진군을 늦추는 데 성공했으니.

지금 같은 흐름이라면 악마의 군대가 성벽 근처로 다가오기 위해서는 3일 이상이 소모된다.

그 전에 한 마리라도 더 많은 몬스터를 죽여야 한다.

산처럼 쌓여 있던 아크타르가 빠르게 소모되었고, 원활한 보급을 위해 아이템 공장의 장인들을 데리고 왔기에 사용하는 양만큼의 아크타르를 제작하고 있었다.

그렇게 하루가 지나갔다.

바삐 움직이긴 했지만 직접적인 전투는 하지 않았기에 병사들의 얼굴에는 아직 웃음이 남아 있다.

언제까지 병사들의 얼굴에 웃음이 남아 있을 수 있을까?

쓸쓸한 생각만이 머리에 떠올랐다.

야간에 원거리 무기를 작동시킬 병력이 주간 조와 교대를 하였고, 나도 잠시 휴식을 취하기 위해 막사로 돌아가려고 했다.

그 순간!

강대한 기운을 가지고 있는 존재 하나가 성벽을 넘고 있다.

모습은 보이지 않지만 기운은 느낄 수 있다.

익숙한 기운이다. 나와 스승님이 가지고 있는 기운.

흡수 계통의 악마가 참지 못하고 우리 진영 안으로 홀로 들어온 것이다.

은신 능력을 과신했는지 홀로 진영으로 들어온 악마였다.

기다리던 순간이다.

나는 브로안과 스승님을 조용히 찾아가 흡수 계통 악마의 침입을 말했고, 그들을 데리고 흡수 계통 악마가 잠시 몸을 숨기고 있는 곳으로 찾아갔다.

밤이 늦으면 본격적으로 움직이려고 생각했는지 상대적으로 병사들이 적은 외곽 지역에 몸을 숨기고 있는 악마였다.

"이만 나오지 그래. 우리를 찾아다닌 거 아니야? 이렇게 제 발로 찾아왔으니 더는 숨어 있을 필요가 없잖아."

스멀스멀!

검은 안개가 모습을 드러낸다.

흡수 계통의 마기를 통해 자신의 모습을 안개로 바꾸는 능력을 가진 악마 같았다.

"초대받지 않은 손님을 이렇게 환대해 주니 몸들 바를 모르겠군. 나는 마아드 님의 명령을 받는……."

자기소개를 하는 시간은 필요하지 않다.

내가 만난 악마 중 손에 꼽히는 마기를 가지고 있는 악마였지만 지금의 나보다는 약한 기운을 가지고 있었다. 말을 길게 할 필요는 없다.

"브로안, 저 악마가 도망을 가지 못하게 후방을 막아. 스승님은 좌측을 맡아 주세요."

동료들에게 지시를 내린 나는 바로 악마를 향해 달려갔다.

악마는 이렇게 급작스럽게 전투가 일어날 줄은 몰랐는지 잠시 머뭇거렸다.

서부와 동부 지역 일부를 공격하면서 많은 사람들을 만났을 테고, 인간의 능력을 이미 모두 다 알고 있다고 판단해 우리를 무시한 악마였다.

내가 다가오자 얼굴에 미소까지 띠우는 악마를 향해 나는 고리의 기운을 모두 끌어 올렸다.

한 번에 끝을 내야 한다. 전투가 지속되면 우리 입장에서 좋을 게 없다.

그리고 어떻게 찾아온 기회인데 도망을 가게 해서도 안 된다.

최대한 한 번에 끝을 내야 한다.

"인간이 어떻게 그렇게 강한 기운을 가지고 있단 말인가!"

고리의 기운을 느낀 악마가 주춤거린다.

인간이 상위 악마와 비슷한 기운을 가지고 있을 거라고는 상상도 하지 못했겠지.

악마의 군대를 벗어나 여기에 찾아온 것은 그의 실책이다.

그리고 나는 그 실책을 통해 성장이 가능하다.

손바닥으로 모인 고리의 기운을 그대로 주춤거리고 있는 악마에게 방출했다.

눈에 제대로 보이지 않을 정도로 얇은 선의 모습을 하고 있는 기운이었지만 절삭력은 그 어떤 무기보다 뛰어났다.

악마는 급히 내가 방출해낸 기운을 피하기 위해 몸을 뒤로 날렸지만 뒤에는 든든히 방패를 들고 있는 브로안이 악마의 동선을 가로막고 있었다. 좌측에서는 스승님이 압박하고 있었고, 전방에는 내가 있다.

악마가 도망을 갈 수 있는 곳은 우측뿐이었고, 그는 나의 예상대로 우측으로 몸을 피하려고 했다.

하지만 거기에는 내가 이미 만들어둔 함정이 있다.

몸을 숨기고 있던 고리의 기운이 악마가 도망가려는 동선에서 솟아올랐다.

발바닥을 통해 고리의 기운을 땅 밑으로 숨겨 두고 있었다.

4개월 동안 브루니스 왕국의 데빌 도어를 파괴하면서 수련한 기술이다.

기운이 강해지지는 않았지만 기운을 활용하는 방법은 계속 수련했다.

"으아아아!"

악마는 고리의 기운에 당해 비명을 질렀다.

하지만 치명상은 아니었는지 악마는 마기를 끌어 올려 자신의 몸을 안개화하려고 했다.

안개가 되면 귀찮아진다.

안개를 어떻게 공격하는지 모른다.

나는 급히 악마를 향해 뛰어가 검을 내질렀다.

쑤욱!

처음은 무언가 걸리는 느낌이 들었지만 마지막에는 허공을 찌르는 느낌이다.

악마가 안개화되는 것에 성공했다.

"젠장!"

안개가 된 악마를 도망가게 둘 수는 없다. 이런 경우에 사용할 기술이 하나 있다.

고리의 기운은 몸을 빠져나가 안개로 변한 악마가 있는 장소에 소용돌이를 만들었다.

강한 흡입력을 가지고 있는 소용돌이였고, 안개는 소용돌이를 벗어나지 못했다.

소용돌이의 강한 흡입력에 휘날리던 안개는 서서히 약해지고 있었다.

그리고 다시 모습을 드러낸 악마였다.

소용돌이를 다시 회수해 악마의 머리채를 붙잡았다.

"이렇게 허무하게 당할 수는 없다!"

마지막 발악을 하려고 하는 악마였지만 그는 이미 탈진 상태였다.

불시에 가한 일격과 소용돌이에 많은 마기를 사용한 악마였고, 가슴을 향해 내지르는 그의 공격은 위협적이지 않았다.

한 손으로 그의 공격을 튕겨 내고 그의 목을 그었다.

잘린 목을 통해 많은 양의 마기가 흘러나왔지만 그가 가지고 있는 대부분의 마기는 마기의 정수에 보관되어 있다.

이미 자리를 깔고 앉은 스승님은 악마의 몸에서 흘러나오는 마기를 흡수하고 있었다.

스승님은 마기의 정수를 내가 흡수하는 게 좋겠다고 얘기한 적이 있었는데, 지금도 아무런 말도 하지 않고 자리를 깔고 자투리 마기를 흡수하는 것으로 자신의 의견이 변함이 없다고 말하고 있었다.

나는 잠시 그런 스승님의 모습을 바라보고는 마기의 정수를 그대로 흡수했다.

몸속으로 퍼지는 강대한 마기.

데빌 실을 흡수했을 때와는 비교도 하지 못할 정도의 강대한 마기가 몸 안으로 흘러 들어온다.

이런 마기를 가지고 있는 악마를 이렇게 쉽게 사냥할 수 있었던 것은 오로지 악마가 방심을 했기 때문이다.

다음에도 오늘과 같은 기회가 찾아오지는 않겠지.

검은색의 고리는 흘러 들어오는 마기를 탐욕스럽게 집어삼키며 덩치를 키웠다.

나는 고리가 편안히 식사를 할 수 있도록 고리에게 몸의 지배권을 넘겼다.

* * *

악마의 마기를 완전히 흡수하고 하늘을 보자 해가 뜨고 있었다.

해가 지는 것을 보지도 않았는데 새로운 날의 해가 뜨고 있는 것이다.

내 옆을 지키고 있는 브로안과 스승님은 내가 눈을 뜨자 자상한 미소를 보였다.

"이제는 내가 가늠조차 하지 못하겠구나."

스승님도 악마의 자투리 마기를 흡수해 고리의 기운을 키웠다.

하지만 내가 흡수한 마기의 정수에 비하면 미약한 양이었다.

온전한 흡수 계통의 마기의 정수를 흡수한 것은 이번이 처음이었다.

왜 흡수 계통의 악마가 탐욕을 이기지 못하고 우리를 찾아 나서는지 알게 되었다.

이렇게 단시간에 강해지는 방법이 있는데 어찌 참고만 있겠는가.

나는 스승님에게 감사의 인사를 전하고는 곧장 성벽을 찾아가 악마의 군대의 사정을 살폈다.

"밤사이 끊임없이 투석기를 발포했지만 악마의 군대는 끊임없이 진군하였습니다. 조금 속도를 늦추기는 했지만 늦어도 내일 저녁에는 성벽에 당도할 것으로 보입니다."

이제는 눈에 고리의 기운을 집중시키지 않아도 몬스터의 모습이 육안으로 확인이 가능했다.

하루 사이에 엄청난 거리를 좁힌 악마의 군대였다.

하지만 처음에 비하면 수가 많이 줄어 있었다.

악마의 비호를 받고 있다고는 하지만 하늘을 뒤덮는 아크타르에 피해를 입지 않을 방법이 없는 것이다.

몬스터의 군대에서 강한 기운 하나가 나를 향해 쏟아졌다.

인사를 하는 것이다.

인사치고는 너무 강대한 기운이다.

현재 악마의 군대를 이끌고 있는 악마의 기운이 분명했다.

그는 기운으로 나에게 말하고 있었다.

조만간 너를 부숴주겠다.

8개의 팔을 가지고 있는 괴기한 모습의 악마의 기운은 먼 거리를 뚫고 나에게 위압감을 주기에 충분했다.

얼마나 강한 기운을 가지고 있는지 예상도 되지 않는다.

흡수 계통의 악마의 마기의 정수를 흡수한 직후 자신감이 가득했었다.

하지만 정면에서 나를 쳐다보고 있는 악마를 본 후 자신감은 다시 땅으로 떨어졌다.

나와 브로안, 그리고 스승님이 함께한다고 해서 저 악마를 이길 수 있을 것 같지는 않았다.

하지만 싸워야 한다. 저 악마를 우리가 막지 않는다면 아무도 막을 자가 없다.

저 악마에게 우리 군대는 벌레 떼에 불과하다.

저 악마와 상대하기 위해서는 최대한 악마의 군대의 수를 줄여야 했다.

우리는 다시 투석기와 원거리 무기들을 이용해 악마의 군대에 피해를 입혔다.

하지만 그런 우리의 노력에도 불구하고 악마의 군대는 조금씩 우리를 향해 다가왔다.

악마의 군대가 성벽까지 다가왔다.

이틀 동안 퍼부은 폭격으로 악마의 군대의 수는 많이 줄어들었지만 여전히 위협적인 모습을 보이고 있었다.

"이제는 공성전입니다. 성벽을 기어오르려고 하는 몬스터에게 집중적으로 대형 석궁을 사용해야 합니다."

투석기는 이제 무용지물이 되었다.

이렇게 가까운 거리에서 투석기를 사용할 수는 없었고, 투석기를 대신해 대형 석궁을 이용해 몬스터가 성을 기어오르는 것을 막아야 한다.

"쿠아아아아!"

몬스터가 환호성을 지른다.

환호성은 성벽을 파괴하라는 악마의 명령에 답하는 것이다.

몬스터는 동료의 시체를 밟고 성벽을 올랐고, 대형 몬스터들은 문을 뚫기 위해 몸통 박치기를 시전했다.

그런 몬스터들을 향해 대형 석궁은 끊임없이 활대를 움직였다.

몬스터들은 대형 석궁에 직격당해 단숨에 목숨을 잃은 몬스터의 몸을 짓밟고 성벽으로 다가왔고, 그런 몬스터의 모습에 병사들의 얼굴에서 웃음이 사라졌다.

피의 광기에 미처 생각을 하지 못하고 기계처럼 움직이는 병사들이다.

몬스터의 시체를 치우지 않는 이상 몬스터가 성벽을 기어오르는 걸 막을 수가 없다.

나는 고리의 기운을 이용해 소용돌이를 만들었고, 소용돌이로 성벽에 오르는 계단이 되고 있는 몬스터의 시체를 날려버렸다.

"강한 인간이구나! 네가 마아드가 말한 인간이로구나! 마아드는 자신이 오기 전까지 너를 살려두라고 했지만, 너를 보니 그 명령을 들을 수가 없구나!"

8개의 팔을 이용해 빠르게 성벽을 오르는 악마의 모습은 괴기스러웠다.

그를 향해 동시에 여러 대의 석궁이 쏘아졌지만, 그는 석궁을 몸으로 받으며 성벽을 올랐다.

"이런 공격으로 나를 막을 수 있겠는가? 장난은 이만하고 나와 싸우자. 나를 만족시키는 전투는 인간계로 넘어온 뒤 한 번도 없었다. 너는 나를 만족시킬 수 있나? 나는 크레닌이다! 새로운 마계의 주인공이 될 크레닌이다!"

크레닌은 포효했다. 포효 속에 섞인 기운이 느껴진다.

흡수 계통의 악마는 아니었다.

하지만 새로운 마계의 주인공이 되겠다는 그의 외침이 헛된 소리는 아니었다.

그의 외침 한 번에 온몸에 소름이 돋았다.

크레닌의 주위를 막아서고 있는 기사들은 자신들도 모르게 뒷걸음질을 쳤다.

평생을 수련하며, 명령을 제외하면 후퇴를 한 적이 없는 기사들이었지만 크레닌의 위압감에 몸이 먼저 반응한 것이다.

하지만 절대 저들을 탓할 수는 없다. 누가 되었든 지금의 상황에서 제정신을 유지할 수 있는 인간은 없다.

"모두 물러나라!"

기사들은 크레닌을 막지 못한다. 괜한 피해를 입기 전에 전장에서 멀어지게 하는 것이 나았다.

"성벽은 전투를 하기에는 적합하지 않은 장소 같군요. 편한 장소로 이동하시죠."

나는 크레닌을 뒤로하고 성벽을 뛰어 내려갔다.

우리 진영이 아니라 몬스터가 오르려고 하고 있는 장소로 스스로 내려갔다. 몬스터들은 나를 발견하고 달려들려고 했다.

"어디서 내 사냥감에 이빨을 들이미느냐!"

크레닌은 나에게 달려들려고 하는 몬스터를 찢어발겼다.

네 조각으로 찢겨진 몬스터를 집어 던지는 크레닌의 광포한 모습에 몬스터들은 성벽을 오르라는 명령을 수행하지 않고 뒤로 물러났다.

몬스터들이 물러나자 그 자리는 크레닌과 우리의 결투장이 되었다.

브로안과 스승님도 나를 따라 성벽을 내려왔다.

"네가 가장 강하기는 하지만, 다른 2명도 다른 인간에게서는 느껴 보지 못한 강한 기운을 가지고 있군. 정말 재밌겠어. 크하하하하!"

Chapter 5

폰트니의 광기

폰트니는 8개의 팔을 사방으로 펼쳤다.

그러자 사방을 압도하는 위압감이 더욱 강해졌다.

점점 몸이 굳어 간다. 이렇게 시간을 보내면 굳은 다리가 더욱 굳어지고 말 것이다.

"브로안, 어그로를 부탁해."

어쩔 수 없이 브로안에게 위험한 부탁을 했다. 지금까지 한 번도 만나지 못한 강자인 폰트니를 브로안 혼자서 막을 수는 없다는 것을 알고 있지만, 지금 상황에서는 브로안의 방어력을 믿고 전투를 해야만 했다.

"걱정하지 마세요. 이런 경우가 한두 번도 아니고, 이제는 익숙해요. 언제는 저보다 약한 상대가 있었나요?"

브로안의 말처럼 지금까지 우리는 우리보다 약한 상대와 싸운 적이 별로 없었다.

악마의 탑을 올라가면 올라갈수록 우리는 항상 새로운 도전을 해야 됐다.

마족이 그러했고, 가장 최근에 싸운 흡수 계통의 악마 마아드도 그러했다.

우리는 멋쩍은 미소를 서로에게 지어 보이고는 다시 모든 팔을 벌리고 서 있는 폰트니와 시선을 맞추었다.

"작별 인사는 이제 끝난 건가? 생각보다 짧게 끝냈군. 다시는 보지 못할 사이인데 더 길게 말할 시간은 주마."

폰트니의 말에 브로안은 방패를 강하게 두드리며 소리쳤다.

"작별 인사는 우리가 아니라 네가 해야 될 것 같은데. 그런데 어쩌나? 주변에 네놈의 지인으로 보이는 존재는 없어 보이니 작별 인사를 할 시간을 따로 주지 않아도 되겠네. 그러면 그냥 죽어라!"

브로안의 언어 공격에 폰트니가 흥분했다.

폰트니가 쉽게 흥분을 하는 성격이기는 했지만 브로안의 언어 공격에는 상대방의 이목을 집중시키는 기이한 능력이 있었다.

8개의 팔 중 4개의 팔이 브로안의 방패를 향해 쏟아져 나왔다.

브로안은 방패를 더욱 굳세게 잡으며 폰트니의 공격을 막아내기 위해 안간힘을 썼다.

이제는 내가 움직여야 할 시간이다.

스승님도 기운을 끌어올려 폰트니를 공격했지만 스승님의 공격이 폰트니에게 큰 피해를 주지는 못했다.

결국 내가 끝을 내야 한다.

나는 이제는 완벽히 내 것이 된 검은 고리를 쥐어짰다.

검은 고리에서 한 줌의 기운도 남아 있지 않게 되자 나는 고리의 기운을 모조리 손바닥에 집중시켰다.

손바닥에 집중된 기운은 좁은 손바닥을 벗어나기 위해 몸부림치고 있었지만 나는 기운을 더욱 압축시켰고, 주먹만 한 공으로 만들었다.

한 번에 고리의 모든 기운을 사용한 공격은 이번이 처음이었다.

하지만 이 방법만이 폰트니를 제압할 수 있는 유일한 방법이라고 생각했고 고리의 기운 전부가 담긴 공을 나는 그대로 폰트니를 향해 던졌다.

브로안에게 시선이 끌린 상태의 폰트니였기에 이번 공격에 사활을 걸었다.

정직한 직선을 그리며 폰트니의 옆구리를 향해 날아가는 기운의 구슬이 폰트니의 몸에 닿기 직전, 폰트니는 나머지 4개의 팔을 모아 기운을 막아내었다.

"꽤나 괜찮은 공격이야. 역시 내가 본 인간 중에서는 최고구나. 하지만 이 정도의 공격으로 나를 어떻게 할 수 있을 거라는 생각은 접는 것이 좋겠군. 강한 기운이 서려 있긴 하지만 제대로 활용은 할 줄 모르는 것 같군."

"정말 그럴까? 나를 너무 얕보고 있군."

내가 만든 기운의 구슬은 단순히 폰트니에게 직접적인 타격을 가하기 위한 용도가 아니다.

압축된 고리의 기운은 넓은 공간을 찾아 나가기 위해 몸부림치고 있다.

하지만 내가 만든 작은 구슬 안에 갇혀 있어야 했고, 좁은 공간을 벗어나고 싶어 했다.

구슬이 얼마 동안이나 고리의 기운을 억압할 수 있을까?

긴 시간이 걸리진 않을 것이다.

그리고 지금이 바로 자유를 찾아 고리의 기운이 쏟아져 나올 때였다.

쿠구구구궁! 쾅!

고리의 기운이 구슬을 뚫고 터져 나왔다.

폰트니의 손 위에서 폭발이 있어났기에 폰트니는 피할 생각도 하지 못하고 고리의 기운 세례를 받아야 했다.

수류탄에서 파편이 튀는 것처럼 고리의 기운이 사방으로 터져 나갔고, 그 중심에 있는 폰트니 또한 큰 피해를 입게 될 것이다.

"크흑! 생각지도 못한 공격이야! 너를 인간이 아닌 적수로 인정해 주마."

폰트니는 입가에 보라색 피를 흘리고 있었지만, 내가 생각했던 것처럼 치명상은 입지 않았다.

내가 가지고 있는 대부분의 기운은 구슬에 들어 있다.

혼신의 힘을 다한 공격이 통하지 않았으니 악마를 상대할 마땅한 방법이 더 이상 남아 있지 않았다.

지금 당장만 하더라도 금방이라도 쓰러질 것 같은 다리를 억지로 지탱하고 있다.

"어디 한눈을 팔고 지랄이야! 나부터 먼저 쓰러뜨리고 가시지!"

브로안이 방패를 들고 뛰어올라 폰트니의 머리를 내리찍었다.

본래라면 당연히 피할 수 있는 수준의 공격이었지만, 기운의 구슬에 피해를 입은 폰트니는 이전보다 움직임이 둔해져서 브로안의 방패 공격을 완벽히 피해내지 못하고 타격을 입었다.

"좋다! 너부터 죽여주마. 가장 재밌는 상대는 마지막에 상대하는 것이 좋겠지."

나에게 주었던 시선을 다시 브로안에게 돌린 폰트니였다. 그의 모든 팔은 브로안을 향해 있었다.

"나를 너무 잊고 있는 것 같군. 이것도 받거라!"

스승님의 손에서 내가 쏘아낸 구슬과 비슷한 기운이 뿜어져 나왔다.

보라색의 기운으로 만든 구슬이다.

기운의 양과 질, 모든 것이 내가 더 우수했지만 스승님은 오랜 시간 고리의 기운과 함께 보냈기에 기운을 활용하는 기술은 나보다 더 뛰어났다.

"그래! 다 죽여주마. 누가 되었든 다 죽여주겠어."

폰트니의 눈에서 점점 광기가 보이기 시작했다. 정형화된 공격이 아니라 보이는 모든 것을 파괴하겠다는 의지가 그를 지배하고 있다.

스승님을 향해 공격해 들어가려는 폰트니의 공격을 브로안이 방패를 들고 빠르게 움직여 막아내었다.

브로안이 잠시 시간을 벌고 있는 사이, 스승님은 고리의 기운을 몸으로 돌려 문양을 활성화시키더니 빠르게 움직여 나에게 다가왔다.

"기운이 얼마나 남이 있느냐?"

"거의 남아 있지 않습니다. 죄송합니다."

한 번의 공격에 모든 것을 걸었다. 그 공격이 성공했다면 최고의 수가 되었겠지만, 실패한 지금 그 방법은 최악의 수가 되고 말았다.

기운이 남아 있지 않은 상태의 나는 동료들의 짐이 될 뿐이었다.

"빠르게 기운을 회복시켜라. 최대한 시간을 끌어보겠다."

기운을 회복하는 데는 오랜 시간이 걸린다.

주문을 외우고 주변의 기운을 이용해 텅 빈 고리를 다시 채우기 위해서는 못해도 1시간 이상의 시간이 필요했다.

1시간 동안 스승님과 브로안이 폰트니를 막을 수 있을까?

"이상한 생각 하지 말고 기운을 회복하는 데 집중해라!"

내 표정에서 생각이 드러났는지 스승님이 내 귓가에 대고 소리를 쳤고, 나는 스승님의 명령에 따라 자리를 깔고 앉아 기운을 회복하기 위해 집중을 했다.

눈을 감고 오로지 고리에 집중을 하자. 텅 빈 고리가 느껴졌다.

하늘을 삼킬 것처럼 충만한 기운이 어디 갔는지, 힘이 빠져 있는 고리가 새로운 기운을 갈구하고 있었다.

나는 주문을 외우며 주변의 기운을 흡수하기 시작했다.

고리의 기운을 모조리 사용하긴 했지만, 고리는 자체적으로 새로운 기운을 만들어낸다.

자체 충전 능력이 있는 것이다.

충전 시간을 줄이기 위해 주문을 외우며 주변의 기운을 흡수해야 했다.

조금씩 고리에 기운이 맺히기 시작한다.

새벽이슬에 메마른 땅이 적셔지는 것처럼 미약한 양이었지만, 그래도 조금씩 차고 있었다.

하나 아직 터무니없이 부족한 양이다.

못해도 전과 비슷한 기운이 있어야만 폰트니를 상대로 주먹이라도 한 번 뻗어볼 수 있다.

귓가에 들려오는 전투 소리를 애써 무시하고 고리에 더욱 집중하며 그렇게 시간을 보냈다.

얼마나 시간이 지났을까? 고리에서 느껴지는 기운은 고작 절반만을 회복했을 뿐이었다.

하지만 이대로 있기에는 동료들의 상황이 너무 궁금했다.

부족하지만 어느 정도 기운을 회복했기에 자리에서 일어나려고 했다.

그 순간!

나와 비슷한 기운이 몸으로 쏟아져 들어오고 있었다.

자연에 존재하는 그런 기운이 아니라 흡수 계통 악마의 마기의 정수를 흡수했을 때처럼 강한 기운이 들어오고 있는 것이었다.

이 기운이 어디서 들어오고 있는 건지 궁금했지만, 지금은 스승님의 말대로 오로지 기운을 흡수하는 데 집중했고, 그 기운 덕분에 빠르게 고리가 채워질 수 있었다.

고리에 기운이 가득 차자 나는 눈을 떴다.

기운을 회복하는 동안 수십 번이고 눈을 뜨고 싶었지만 그런 나의 행동은 이 전투에서 아무런 도움이 되지 않는다는 것을 알고 있었기에 그러지 않았다.

"스승님! 브로안!"

눈을 뜨고 가장 먼저 보인 것은 내 발밑에서 쓰러져 있는 스승님과 브로안의 모습이었다.

브로안은 부인보다 더 소중이 여기던 방패를 어디 갔다 팔아먹었는지 손에는 피만이 잔뜩 묻어 있었고, 스승님은 한 손으로 가슴을 부여잡으며 입으로 피를 쏟아 내고 있었다.

"이제 기운을 다 회복했느냐? 이제는 너에게 달렸다. 꼭 이기거라."

스승님의 말에 마지막에 들어온 익숙한 기운이 누구의 것인지 알 수 있었다.

내가 빠르게 기운을 회복할 수 있도록 스승님이 고리에 있던 기운을 나에게 넘긴 것이었다.

이론상으로는 가능하다는 것을 서로 알고 있었지만, 기운을 전이해 준 적은 이번이 처음이었기에 미처 깨닫지 못했었다.

하지만 스승님의 얼굴에 미약하게 걸린 미소로 기운이 스승님에게서 왔다는 것을 알게 되었다.

"감사합니다. 꼭 이기겠습니다."

스승님에게 내가 해줄 수 있는 말은 여기까지다. 이제는 말이 아니라 결과로 보여줘야 했다.

"눈물 나는 상황이군. 하지만 내 눈에서 눈물이 마른 지 오래라서 울어주지는 못하겠군. 너와 싸우기가 이렇게 힘들 줄은 몰랐어. 날파리들이 얼마나 방해를 하던지."

"날파리라고 했나? 그래, 너에게는 벌레로만 보였겠지. 인간보다 우월한 능력을 가지고 태어난 악마의 눈에는 우리가 벌레로만 보였겠지. 하지만 너는 벌레의 발악이 얼마나 무서운지 모르겠지? 이번에 내가 보여주마."

이번에는 전과 같은 실수를 하지는 않는다. 한 방에 끝을 내려는 욕심은 더는 부리지 않을 것이다. 그리고 처음에 비해 지쳐 보이는 폰트니다.

내가 만든 기운의 구슬과 스승님과 브로안의 발악에 지친 것이다.

이런 기회가 다시는 오진 않을 것이다.

전투에서 패하면 죽음뿐이기에 나는 이번 전투에 모든 것을 걸어야 했다.

충만한 고리의 기운을 서서히 몸으로 흘려보내 문양을 활성화시켰다.

문양에 의해 강해진 힘 덕분에 몸이 가벼워졌다.

그러고는 바로 다리에 강한 힘을 주어 앞으로 달려갔다.

한 걸음이 폰트니와의 거리를 좁혔고, 피가 흐르고 있는 8번째 손을 향해 검을 횡으로 휘둘렀다.

폰트니는 내 공격이 상처 입은 손을 향해 오고 있다는 것을 파악하고는 상처받은 손을 뒤로 빼면서 다른 손으로 나를 공격해왔다.

사방에서 들어오는 그의 손을 피하기에는 늦었다.

카인트 공작님이 알려준 기운 활용법을 사용할 때다.

유일하게 오러 마스터인 카인트 공작님만이 사용할 수 있었던 기술을 펼치기 위해 고리에 묶여 있는 기운을 전신에서 쏟아내어 막을 만들었다.

내 몸에 다가오지 못하고 기운의 막에 막힌 폰트니였고, 나는 다시 그를 향해 돌진해 들어갔다.

숨결이 그대로 느껴질 정도로 폰트니와 가까워졌고, 나는 그대로 검을 그의 가슴에 찔러 넣었다.

"역시 너도 벌레였군. 인간이 아무리 강하다고 해도 벌레인 것은 변함이 없지."

내 검이 그의 손에 붙잡혔다.

기운을 검에 밀어 넣어 봤지만 검은 벽에 박힌 것처럼 움직이지 않았다.

비웃음을 흘리는 폰트니의 얼굴이 너무도 보기 싫었다.

어떤 방식으로든 그에게 고통을 느끼게 해주고 싶다.

이가 없으면 잇몸으로! 검이 없으면 이빨이다!

나는 검을 놓고 폰트니의 손을 양팔로 방어하고는 그대로 폰트니의 목을 물었다.

딱딱한 피부가 이빨의 침입을 허락하지 않았지만, 이빨에 고리의 기운을 가득 담아 넣자 조금씩 그의 피부가 변형되기 시작했다.

"이게 무슨 짓이냐. 신성한 전투에서 이런 짓을 하다니!"

폰트니는 분노했다. 내가 자신에게 공격을 해서라기보다 더러운 방법을 사용한 것에 분노하고 있는 것이다.

이런 상황에서 깨끗한 방법, 더러운 방법 가리는 것은 사치다.

나를 떼어내기 위해 폰트니는 내 사지를 잡아당겼다.

사지가 뜯겨져 나가는 고통이 느껴졌지만, 폰트니의 목에 박아 넣은 턱에 힘을 빼지 않았다.

지지직!

근육이 찢어지기 시작한다. 엄청난 힘을 가지고 있는 폰트니의 손아귀에 다리 근육이 찢어지고 있다.

그래, 사지가 없어도 폰트니만 없앨 수 있으면 이득이다. 부상을 입은 부위는 천사의 눈물과 아이템이 있으면 어떻게 회복되겠지.

강해진 정신력 덕분인지, 아니면 미쳐서인지는 모르겠지만 그런 생각이 들었고, 나는 몸을 보호하고 있는 문양을 비활성화시켰다.

문양을 활성화하기 위한 기운마저 이빨에 밀어 넣어 크레닌의 목을 강하게 물었다.

"지독한 인간! 그만 놓아라!"

크레닌의 목소리에 신음이 묻어 있다.

그도 고통을 느끼고 있는 것이다. 마계에서 가장 강한 악마 중 하나인 폰트니가 고통을 느끼고 있는 것이다.

내 몸에서도 고통이 느껴졌지만 그가 고통을 느끼고 있다는 것에 나는 희열을 느꼈고, 어느 순간부터 그 희열이 고통보다 더 커졌다.

\*  \*  \*

크레닌의 목에 박힌 이빨을 이용해 그의 살을 물어뜯었다.

내 몸의 일부가 찢겨져 나가는 기분이 들었지만 다른 감각은 차단하고 오로지 폰트니의 목에만 집중을 했다.

이빨을 통해 기운이 조금씩 폰트니의 몸속으로 침투해 들어간다.

"이제 그만해라! 아니지, 그만하게 해주겠다!"

폰트니의 입에서 최후통첩과도 같은 말이 나왔다.

나에게 주어진 시간이 얼마 남지 않았다. 단순히 폰트니의 몸에 상처를 낸 것만으로 만족하면 지금까지의 시간이 물거품이 되고 만다.

과정이 아무리 좋아도 결과가 모든 것을 말해 준다.

뭐라도 해야 돼!

이빨에 머물러 있는 기운을 더욱 빠르게 폰트니의 몸속으로 집어넣었다. 그러자 느껴졌다.

강한 마기가 담겨있는 정수가 폰트니의 심장에서 나를 기다리고 있다.

정말 나를 기다렸을 리는 없지만 마기의 정수를 느낀 순간 나는 훈련소를 마치고 가족들을 보는 듯한 기분이 들었다.

마기의 정수를 만나는 순간 내 머릿속에는 흡수해야 된다는 생각만이 가득했다.

살아 있는 악마의 마기의 정수를 흡수한 적은 없지만 어떻게든 마기의 정수를 흡수해야만 내가 살고 폰트니를 죽일 수 있다.

내가 사용할 수 있는 모든 고리의 기운을 폰트니의 가슴에 자리잡고 있는 마기의 정수 주변으로 보냈다. 마기의 정수는 폰트니의 마기에 의해 보호받고 있었고, 고리의 기운이 침투하지 못하도록 막고 있다.

꽉 막힌 벽을 뚫기 위해서는 회전력이 필요하다.

나는 고리의 기운을 작은 소용돌이로 만들었다. 크기보다 회전력에 중심을 둬서 만든 기운은 마치 쇠를 뚫는 드릴처럼 마기의 정수를 향해 파고들었다.

"무슨 짓을 하고 있는 거냐!"

폰트니의 다급한 외침이 들렸지만 겁이 나지 않았다.

불과 몇 분 전만 하더라도 나를 단번에 죽일 것 같은 기운을 내뿜고 있었던 폰트니였지만 지금 그는 마기의 정수를 보호하기 위해 모든 기운을 사용하고 있었고, 그의 손에서 느껴지는 기운은 매우 미미했다.

몸에 가해지는 압박에 약해지자 나는 더 많은 기운을 마기의 정수를 뚫는 데 사용할 수 있게 되었고, 최소한의 생명을 유지하는 기운마저 모조리 폰트니의 몸속으로 집어넣었다.

빠르게 회전하고 있는 기운의 소용돌이는 가속력이 붙어 더욱 빠르게 마기의 정수에 접근하고 있다.

치지지직!

마기의 정수에 드디어 소용돌이가 접근했다. 하지만 여전히 온전한 모습을 유지하고 있는 마기의 정수였다.

조금만 더 힘을 내라!

고리의 기운은 내 의지를 받아들여 조금 더 빠르게 회전하기 시작했고, 마기의 정수에 아주 작은 구멍 하나가 뚫렸다.

미세하기 그지없는 구멍이지만 마기의 정수에 구멍이 생긴 것이다.

구멍에서 마기의 정수에 보관되어 있는 순수한 마기가 새어나온다.

마기의 정수의 마기는 악마의 마기가 아니라 마계 고유의 마기여서 내가 흡수할 수 있었다.

나보다 고리가 먼저 순수한 마기에 반응해 게걸스럽게 기운을 집어삼키기 시작했다.

텅 빈 고리를 채우기 위해 본능적으로 반응하고 있는 것이다.

"마기가 없어지면 안 돼! 나는 마계의 새로운 주인공이 될 악마다. 이런 전투에서 소멸당할 수는 없다!"

그의 말이 들려왔지만 나는 멈추지 않았다. 나는 악마의 부탁을 들어줄 정도로 마음이 넓은 사람이 아니다.

입을 통해 들어오는 순수한 마기를 흡수하는 고리였고, 나는 더욱 강한 기운을 가지게 되었다. 그 결과, 폰트니의 몸속에서 회전하고 있는 소용돌이의 회전력이 더욱 빨라지고, 강해졌다.

"으 으……"

눈에 띄게 약해진 폰트니는 처음과 같은 위압감을 뿜어내지 못하고 있었고, 거미줄에 걸린 벌레처럼 발버둥을 칠 뿐이었다.

하지만 벌레가 거미줄을 혼자의 힘으로 벗어날 수는 없다.

나는 고목에 붙은 매미처럼 폰트니의 몸에 붙어 그의 기운을 계속 흡수했다.

마계에서도 손꼽히는 마기를 가지고 있는 폰트니였고, 그의 몸속에 있는 마기의 정수는 지금까지 내가 경험해 보지 못한 기운을 함유하고 있었다.

하지만 흡수 계통의 마기가 아니었기에 효율은 높지 않았다.

고리는 끊임없이 폰트니의 마기의 정수를 흡수하고 있긴 했지만 노력에 비해 기운이 늘어나는 양은 크지 않았다.

악마의 탑에서 구한 마기의 정수를 흡수하기 위해 실험한 적이 있었다.

하지만 워낙 낮은 효율에 포기했었다.

폰트니 정도 되는 악마였기에 낮은 효율에도 기운의 양이 늘어나고 있었지, 다른 악마의 마기의 정수였다면 고리의 기운은 아무런 변화도 없었을 것이다.

털썩!

마기의 정수가 완전히 깨져버린 폰트니가 쓰러졌다.

나는 여전히 그의 목에 이빨을 꼽고 기운을 흡수하고 있었다.

"우와아아아아아!"

엄청난 환호성이 들려온다.

악마의 가래 낀 목소리가 아니다. 동맹군이 움직이고 있는 것이다.

지휘관으로 보이는 악마가 쓰러지자 우리를 구하기 위해 움직이는 것이다.

그에 비해 몬스터들은 아무런 움직임도 보이지 않고 있다.

자신들을 조종했던 악마는 죽지 않았다.

많은 기운을 상실하긴 했지만 여전히 폰트니는 소멸하지 않았고, 몬스터들은 폰트니가 이전에 내렸던 명령에 따라 뒤로 물러서 있기만 했다.

동맹군들이 다가왔을 때쯤 고리의 기운은 부족하지만 그래도 움직일 수 있을 정도로 회복이 되어 유일하게 움직이는 왼팔을 들어 폰트니의 목을 갈랐다.

초점 없는 눈으로 나를 바라보기만 하는 폰트니는 자신의 허무한 죽음에 슬픔도 느끼지 못하는 듯했다.

"젠장, 더럽게 아프네."

사지가 아프다는 말이 이제야 이해가 갔다.

피가 흐르지 않는 부위가 없다. 아니, 온전한 모습을 하고 있는 부위가 없다.

양쪽 다리는 폰트니의 괴력이 담긴 손아귀에 짓이겨져 있었고, 오른팔은 달려 있긴 했지만 감각이 전혀 없었다.

그리고 머리에서는 피가 계속 흐르는지 끈적한 액체가 눈을 자꾸만 가렸다.

나는 품에서 천사의 눈물을 꺼내 복용했다.

천사의 눈물을 몸에 바르면 더욱 빠르게 회복되겠지만 그럴 시간이 없었다.

생사의 기로에 있는 스승님과 브로안을 살리는 것이 우선이다.

나는 남아 있는 천사의 눈물을 모조리 스승님과 브로안에 쏟아부었고, 억지로 입을 벌려 천사의 눈물을 복용시켰다.

모든 천사의 눈물을 소비하고 나자 동맹군이 우리 근처로 다가왔다.

"괜찮으십니까?"

머리가 멍해서인지 어느 국가의 누구인지도 기억이 나지 않는다.

어쨌든 인간이니까 우리 편이겠지.

"우리를 막사 안으로 이동시켜 주세요. 몬스터들은 조만간 통제력을 잃고 날뛰기 시작할 겁니다. 하지만 조종을 하는 악마가 없으니 전보다는 더욱 편하게 사냥할 수 있을 겁니다."

그 말을 마지막으로 나는 정신을 잃었다.

지금까지 깨어 있는 것만 해도 기적이었다.

*　　　*　　　*

상쾌한 공기가 코를 통해 몸으로 퍼져 나간다.

살며시 눈을 뜨니 밝은 햇살이 방을 밝히고 있다.

잠시 햇살을 만끽하자 머리가 움직이기 시작한다.

"전쟁은 어떻게 되고 있습니까?"

방을 지키고 있는 사람에게 소리쳤다.

그가 누구인지는 모르겠지만 전황이 궁금했다.

"자작님과 자작님의 동료님들 덕분에 위기는 넘겼습니다. 현재 몬스터 군대는 후퇴했습니다."

그의 말에 나는 폐에서부터 뿜어져 나오는 안도의 한숨을 쉬었다.

주변을 둘러보니 붕대를 칭칭 두르고 있는 2명이 보였다.

스승님과 브로안.

"이제 깨어났나? 아직 젊은 놈이 스승보다 더 오래 쓰러져 있으면 어떻게 한단 말이냐."

정이 넘쳐나는 스승님의 말투에 나도 모르게 눈물이 살짝 돌았다.

"형님, 이 붕대 좀 치워달라고 해주세요. 몸은 완벽하게 회복되었는데 치료사들이 제 말을 믿지를 않아요."

다행이다. 2명 다 죽지 않고 살아남았다.

그제야 나는 내 몸 상태를 확인했다. 짓이겨진 다리와 팔은 천사의 눈물 덕분에 온전한 모습을 하고 있었고, 감각도 그대로 느껴졌다.

마지막으로 고리의 기운을 느꼈다.

고리의 기운은 전보다 더 응축된 힘을 가지고 있었다.

효율이 낮은 마기의 정수를 흡수했지만 워낙 강한 악마의 마기의 정수였기에 고리의 기운이 강해진 것이다.

"악마의 옆에 떨어져 있던 아이템들을 옆에 두었습니다."

우리를 치료하는 치료사로 보이는 사람이 테이블을 가리키며 말했다.

그 위에는 여러 가지 아이템들이 떨어져 있었지만 내 눈에는 데빌 실만 보였다.

마기의 정수를 흡수하는 것만으로도 고리의 기운은 전보다 강해졌다.

그렇다면 데빌 실을 흡수하면 얼마나 더 강해질 수 있을까?

나는 힘겹게 몸을 들어 올려 테이블로 걸어가 데빌 실을 집어 들었다.

"지금 당장 데빌 실을 흡수하려는 게냐? 몸을 더 회복하고 흡수하는 게 좋지 않겠나?"

"괜찮습니다. 이미 몸은 회복되었습니다. 그리고 고리는 여전히 더 많은 기운을 원하고 있습니다."

브로안은 스스로 붕대를 풀고 내 앞을 막아섰다.

"제가 지켜드릴 테니 그거 흡수하세요."

"고맙다."

브로안의 따뜻한 행동에 가슴까지 포근해지는 기분이 들었고, 나는 그 기분을 간직한 채 자리에 앉아 데빌 실을 흡수했다.

확실히 이전에 흡수했던 데빌 실과는 차원이 다른 기운이 서려 있다.

고리는 여러 번 데빌 실을 흡수해서인지 자연스럽게 기운을 방출해 데빌 실을 감싸 안으며 흡수 준비를 했다.

방대한 기운이 데빌 실에서 고리로 이동하고 있다.

더 들어갈 곳이 없어 보이던 고리는 스스로 자리를 만들며 데빌 실의 기운을 흡수했고, 고리의 기운은 조금 더 응축된 모습으로 변했다.

큰 변화라고 할 수는 없지만 고리가 더 강해진 것은 분명했다.

그리고 이번 경험을 통해 악마를 사냥하는 법을 알게 되었다.

어떤 권능을 가지고 있든지, 얼마나 강한 힘을 가지고 있든지 악마는 마기의 정수가 사라지면 모든 힘을 잃고 만다.

어떻게든 고리의 기운을 악마의 몸속으로 집어넣기만 하면 된다.

"이제 끝났어. 어떻게 할래? 조금 더 쉴래, 아니면 바로 나갈래?"

"당연히 나가야죠. 여긴 답답해서 견딜 수가 없어요."

"엥! 나쁜 놈들. 늙은 사람한테는 묻지도 않고 제멋대로 결정을 해버리네."

스승님은 핀잔 섞인 말을 하면서도 브로안과 마찬가지로 침대에서 일어나고 있었다.

"감사합니다."

내가 스승님에게 할 수 있는 말은 이게 전부였다.

스승님에게서 느껴지는 고리의 기운은 전에 비해 많이 약해져 있다.

나에게 고리의 기운을 전이해 주었기에 어렵게 모은 고리의 기운이 다시 이전의 모습으로 변해버렸다.

하지만 스승님은 여전히 인간 중에서는 강한 힘을 가지고 있었고, 나는 아직도 스승님의 도움이 필요했다.

"어서 가자꾸나. 우리가 없는 사이 동맹군 지휘관들이 무슨 똥을 싸고 있을지 궁금하구나."

스승님이 내가 무슨 생각을 하고 있는지 느꼈는지 눈을 피하고는 문을 열고 나가버렸다.

나와 브로안은 서로 눈을 마주치며 배시시 웃고는 스승님을 따라 동맹군이 머무르고 있는 장소로 이동했다.

브로안과 스승님이 군대의 상태를 확인하는 동안 나는 동맹군 지휘관들이 회의를 하고 있는 회의장으로 들어갔다.

"몸은 괜찮으십니까? 처음 봤을 때는 시체나 다름없었습니다."

"걱정해 주신 덕분에 쾌차했습니다. 전쟁 상황은 어떻습니까?"

나는 비워져 있는 중앙의 자리에 앉으며 말했다.

"현재 악마의 군대는 전진을 멈추고 대치만 하고 있습니다. 자작님이 상대한 악마가 군대에서 중요한 자리를 차지하고 있었는지 악마의 군대는 패닉 상태에 빠져 있는 것 같습니다."

내가 상대한 악마는 정말 강했다. 그런 능력을 가진 악마였다면 분명 마계에서도 높은 자리에 있었을 것이다. 스스로 새로운 마계의 주인공이 되겠다고 선언한 악마이니 그보다 서열이 높은 악마는 몇 되지 않을 것이다.

그런 악마를 소멸시켰지만 아직 문제는 남아 있다.

현재 마왕에 가장 근접한 능력을 가지고 있는 흡수 계통의 악마가 우리를 노리고 있다.

그가 인간계로 강림했는지는 모르겠지만 그와 싸워 이겨야만 이번 전쟁이 끝난다.

나는 생각을 정리하고는 좀 더 자세한 보고를 들었다.

"정찰병들을 통해 얻은 정보로는 악마의 탑에서 새롭게 나오는 몬스터의 양이 현저히 줄어들었다고 합니다. 악마의 탑에 서식하는 몬스터 전부가 인간계로 나왔다고 보시면 됩니다. 현재까지 추정되는 몬스터의 수는 100만 마리 정도 됩니다. 우리가 보유하고 있는 병력보다 압도적으로 많은 수지만 우리가 가지고 있는 원거리 무기를 활용한다면 몬스터 군대를 막을 수는 있습니다. 하지만 문제는, 이전에 자작님이 상대한 악마가 나타나게 된다면 상황은 달라집니다. 우리의 능력으로는 악마를 막을 수가 없습니다."

내 생각도 같았다.

이번 전쟁은 몬스터와 인간의 싸움이 아니라 우리와 악마와의 싸움에서 승리하는 쪽이 최후의 승자가 된다.

Chapter 6

생존을 위한 마지막 전쟁 I

폰트니와의 전투가 끝난 지 일주일도 지나지 않아 몬스터 군대가 다시 움직이기 시작했다.

몬스터 군대가 한 걸음 움직일 때마다 특유의 역겨운 냄새가 한 걸음 다가왔다.

코가 괴로워지는 만큼 우리를 향해 몬스터가 다가오고 있다는 말이었다.

"이제 다시 지겨운 전쟁이 시작되네요."

전투를 광적으로 좋아하는 브로안의 입에서 지겹다는 말이 나왔다.

전투를 지속하지는 않았지만, 다시 전쟁이 벌어질지 모른다는 불안감은 하루하루를 사는 사람을 지치게 만들었고, 브로안마저 전투의 긴장감에 지쳐 보였다.

"이제 얼마 남지 않았어. 이번 전쟁이 마지막 전쟁이 될 거다."

몬스터 군대가 다시 밀집해 움직인다는 것은 그들을 조종할 수 있는 능력을 가진 악마가 나왔다는 뜻이었고, 우리가 상대한 폰트니보다 더 강한 악마는 현재 악마의 탑의 주인으로 행세하는 마아드뿐이다.

마아드에 대한 정보는 크레닌을 통해 들어 알고 있었다.

나에게 마기의 정수 반쪽을 흡수당한 마코크의 나머지 기운을 흡수한 후 그 힘을 통해 악마의 탑을 점령한 악마가 마아드였고, 최후의 전쟁을 끝내기 위해서는 마아드를 이겨야만 했다.

"저는 이만 원거리 무기 부대에 발포 명령을 내리러 가볼게요."

전보다 훨씬 많은 몬스터들이 곡식을 노리는 메뚜기 떼처럼 다가오고 있었고, 메뚜기를 튀기기 위해서는 투석기와 아크타르 폭탄이 필요했다.

전쟁이 멈추는 동안에도 많은 장인들은 계속해서 아크타르를 생산했기에 충분한 재고를 보유하고 있다고 생각했다.

하지만 땅을 가리는 몬스터의 모습을 보는 순간 아크타르의 재고가 부족할지도 모른다는 생각이 들었다.

원거리 부대가 바삐 움직이는 동안 우리들은 공성전을 준비했다.

서로의 시체를 밟고 성벽을 오르려는 몬스터들이다. 몬스터가 성벽을 오르지 못하게 하기 위해 우리는 기름을 성벽에 발랐다.

최후에는 성벽을 태워 몬스터를 밀어낼 수도 있는 방법이었다.

기름의 재고가 많지 않았지만 우리는 다른 국가들의 원조까지 받아 성벽에 기름을 발랐고, 성벽이 기름진 상태가 되자 몬스터의 군대가 하루 거리까지 다가와 있었다.

탁상공론에 불과하지만 그래도 회의는 매일 계속되었고, 세세한 부분까지 작전을 세웠다.

물론 그 작전을 사용할 수 있을지는 미지수지만 가만있지 못하는 다른 국가의 지휘관들을 안심시키기 위해서라도 회의를 해야만 했다.

그리고 오늘 그 작전을 실행할 때가 되었다.

성벽 근처까지 다가온 몬스터들을 막기 위해 투석기가 뒤로 후퇴하고 거대 석궁이 그 자리를 대신했다.

그리고 기름을 짊어지고 있는 병사들이 몬스터가 다가오기만을 기다리고 있었다.

"이제 정말 얼마 남지 않았습니다. 이번 전투만 막아내면 우리의 승리입니다. 사랑하는 사람들을 위해 싸워 주십시오. 우리가 몬스터를 막지 못한다면 사랑하는 사람이 몬스터의 한 끼 식사가 되어버립니다. 이번 전투에서 많은 사람들이 목숨을 잃을지도 모릅니다. 하지만 그 희생이 헛되면 안 됩니다."

동맹군을 향해 연설을 했다.

연설이 익숙하지는 않았지만 일단은 총사령관이었기에 병사들의 사기를 키울 필요가 있었다.

하지만 내 연설을 들은 병사들의 사기는 이전과 별반 다르지 않았다.

"형님, 비켜 보세요. 이런 건 제가 전문이죠."

브로안이 나를 대신해 단상에 올라갔다.

"따라 외쳐라. 더러운 몬스터 놈들을 사냥하자!"

"사냥하자!"

"몬스터들의 아가리에 기름을 쏟아붓자!"

"쏟아붓자!"

유치한 말이었지만 병사들의 사기는 내 구구절절한 연설을 들을 때보다 훨씬 올라가고 있다.

"몬스터의 아가리에 들어가고 싶지 않으면 최선을 다해 움

직여야 할 것이다. 집에 돌아가서 마누라 엉덩이를 다시 두드
리고 싶지 않나?"

"그렇습니다!"

"여기서 죽으면 너희들 마누라는 다른 놈이 낚아채 갈지도
모른다. 그런데도 여기서 죽고 싶나?"

"죽기 싫습니다!"

"그러면 최선을 다해 움직여라! 한순간의 방심이 네놈들의
마누라에게 새신랑을 선물해 줄 거다."

브로안의 연설에 한껏 사기가 오른 병사들은 자리로 돌아
가 본격적으로 몬스터 군대와의 전쟁을 준비했다.

거대 석궁의 강한 관통력에 많은 몬스터들이 목숨을 잃고
있었지만 몬스터들의 행군 속도는 전혀 늦춰지지 않았고, 저
녁이 되자 몬스터 군대가 성벽을 기어오르기 시작했다.

"다들 기름을 부어라!"

뜨겁게 달구어진 기름을 성벽 아래로 병사들이 붓기 시작
했다.

아무리 단단한 피부를 가지고 있는 몬스터라고 할지라도
뜨거운 기름에는 피해를 입을 수밖에 없다.

그리고 여전히 거대 석궁이 몬스터의 접근을 막고 있었기
에 기름은 더욱 효과적이었다.

"슬슬 불을 질러야 할 것 같습니다."

"그래야겠어. 몬스터들이 시체로 사다리를 만들고 있으니 사다리를 걷어차 버려야지."

거대 석궁에 적중당해 죽은 몬스터들이 아래에 깔렸고, 그 위를 기름에 부상을 입은 몬스터들이 올라섰다.

여전히 살아 있는 몬스터였지만 후방에 있는 몬스터들은 부상당한 몬스터들을 밟고 올라섰다.

비명을 질러대는 동료 몬스터들을 전혀 생각하지 않고 오로지 명령을 수행하기 위해 움직이는 몬스터들이다.

이대로 계속 전투를 벌인다면 우리는 성벽을 잃게 된다.

몬스터와의 전쟁에서 성벽이 없어진다면 전면전이 남게 된다. 인간과 몬스터의 전면전은 인간이 압도적으로 불리하다.

악마의 탑에서 몬스터를 상대해 본 기사들이 여럿 있었지만 여전히 압도적으로 많은 몬스터를 상대로는 기사들의 능력은 빛을 발할 수가 없다.

몬스터 수를 줄이기 전까지는 무조건 성벽의 보호가 필요했다.

불이 붙은 기름이 성벽 아래로 떨어진다.

점점 어두워지는 태양을 대신해 몬스터 시체가 타올라 주변을 밝히고 있다.

"이제 우리가 움직일 시간이 된 거 같은데. 다들 준비는 됐어?"

멀리서 강한 마기가 빠르게 다가오고 있다.

폰트니보다 더욱 강한 마기를 가진 존재는 마아드뿐일 것이다.

이제는 최후의 전투가 우리를 기다리고 있다.

"이놈의 자식, 스승님한테 하는 말버릇이 그게 뭐냐. 그리고 전투 준비는 진작 끝내 놓았다. 너나 제대로 준비하거라."

"맞아요. 형님이 제일 준비를 안 한 거 같은데요. 저도 이미 장비 손질을 마치고 마음가짐까지 정비를 마쳤어요."

스승님과 브로안이라고 왜 긴장되지 않겠는가.

하지만 나를 생각해 긴장한 기색을 숨기고 과장된 표정과 행동을 하고 있다.

"결과가 어떻게 될지는 모르겠지만, 평생 기억하겠습니다."

현재까지 내 마음속 깊숙이 자리 잡고 있는 사람은 카인트 공작뿐이다.

브로안과 스승님을 내 마음속에 자리 잡게 하고 싶지는 않지만 만약을 생각해서 한 말이었다.

"나는 남자한테 기억되고 싶지는 않은데, 네가 그렇게 원한다면 어쩔 수 없지."

"형님, 저는 부인이 있는 몸입니다. 제가 소유하고 싶은 매력이 있다는 건 알고 있지만 그래도 저는 부인을 사랑합니다."

"고맙습니다. 고마워."

포근한 기분을 더 만끽하고 싶었지만 강한 마기가 더욱 빠른 속도로 성벽을 향해 다가오며 우리를 부르고 있었다.

폰트니와 달리 마아드는 몬스터를 뒤로 물리지 않았다.

그가 다가오는 것을 막을 수가 없지만 전장은 우리가 선택할 수 있다.

전투의 후폭풍으로 성벽이 부서지는 것은 막고 싶었기에 우리는 성벽을 뛰어내려 강한 마기가 다가오는 방향으로 달렸다.

이렇게 달릴 수 있는 시간이 다시 오지 않을 수도 있다. 그래서 그런지 발바닥으로 느껴지는 땅의 감촉이 너무도 부드러웠다.

몬스터들을 뚫고 빠르게 달려오는 강한 마기의 주인이 우리를 발견하고 속도를 늦추기 시작했다.

"드디어 만났군. 너희들에 대한 얘기는 마코크를 통해 전해 들었다. 인간 주제에 나와 같은 흡수 계통의 기운을 가진 존재라고? 얼마나 강한지 직접 시험해 보겠다."

마아드의 몸에서 마기가 폭발했다.

폰트니보다 강한 마기를 가지고 있을 거라고 예상은 하고 있었지만 이렇게 강한 마기를 가지고 있을 거라고는 예상하지 못했다.

숨을 쉬듯 가볍게 마기를 폭발시킨 마아드로 인해 나는 온

몸이 떨려왔다.

얼마나 많은 흡수 계통의 악마가 마아드에게 흡수당했을까?

마아드의 눈에는 탐욕이 서려 있었고, 굳이 탐욕을 숨기려고 들지도 않았다.

"형님, 다른 존재들이 다가오고 있습니다!"

마아드 혼자만으로도 우리가 이길 가능성은 높지 않았다.

그런데 그의 뒤로 흡수 계통의 능력을 가진 악마 2명이 달려오고 있었다.

마아드는 폰트니와 달리 홀로 전투를 즐기는 스타일이 아니라 우리에겐 최악이었다.

"나 혼자 재미를 볼 수는 없어서 다른 악마들을 초대했다네. 먹잇감은 얼마 안 되지만 나눠 먹기에는 충분한 양이지. 물론 한 마리는 내가 통째로 먹어야겠지."

마아드는 우리를 적으로 생각하고 있지 않았다.

단지 낚싯대에 걸린 물고기 정도로만 생각하고 있었고, 지금 상황에서 그의 생각은 틀리지 않았다.

"제가 마아드를 상대하겠습니다. 스승님과 브로안은 다른 악마들을 상대해 주세요."

내가 가진 능력으로 마아드를 상대해 이길 가능성은 높지 않았지만, 스승님과 브로안에 비해서는 내가 가지고 있는 힘이 더 강했기에 내린 결론이었다.

나에게 기운을 몰아준 스승님을 생각해서라도 마아드를 이겨야 했다.

"혼자 나와 전투를 벌일 생각인가? 나는 그래도 뭉쳐서 움직일 줄 알았더니. 스스로 불구덩이로 뛰어드는 재주가 있구나. 그래, 네 힘을 선보여 보거라."

최선을 다해야 하는 전투였다. 탐색전은 대등한 상대에게나 하는 행동이다.

처음부터 최선을 다해야만 겨우 상대가 가능하다.

나는 고리에 맺혀 있는 기운을 온몸으로 뿌려 문양을 활성화시켰고, 나머지 기운을 손바닥을 통해 검으로 이동시켰다.

"오호, 생각보다 강한 기운을 가지고 있구나. 마코크를 상대로 이긴 것이 운은 아니었나 보군."

혀를 날름거리는 마아드는 탐욕스러운 뱀이다. 내 기운을 한입에 집어삼키고 싶어 하는 뱀이었다.

뱀에게 집어삼켜지는 쥐가 되고 싶진 않다.

만약 그에게 잡아먹힌다고 해도 동귀어진을 할 생각이다. 뱀에게 먹힌 두꺼비처럼 말이다.

"먼저 공격하겠다."

내 말에 가볍게 고개를 끄덕이는 마아드였고, 나는 망설임 없이 검을 들어 올려 그에게 달려갔다.

스스로 거리를 좁히는 이 행동이 자살행위일지도 모르지만 마아드를 공격하기 위해서는 거리를 좁혀야 했다.

거리를 좁히는 동안 마아드는 아무런 행동도 하지 않았다.

나를 만만하게 생각하고 있는 거지.

먹이를 먹기 전에 가지고 놀고 싶겠지.

하지만 나는 그렇게 만만한 상대가 아니다!

나는 검에 기운을 가득 실었다. 검에 실린 기운은 성벽을 한 번에 부술 정도의 힘을 가지고 있었으며 높은 관통력도 가지고 있다.

물론 이번 공격에 마아드를 끝장내지 못한다는 것은 알고 있다. 그래도 약간의 피해 정도는 줄 수 있을 거라고 생각했다.

폰트니의 기운을 흡수해 더욱 강해진 고리를 믿어야 했다.

쾅!

검이 무언가와 부딪쳤다.

내가 검을 휘두른 곳에 있는 존재는 마아드뿐이었으니 이 굉음이 난 원인은 내 검과 마아드의 충돌일 것이다.

"꽤나 강한 공격이군. 하지만 부족해. 이 정도의 힘으로는 나를 어떻게 하지 못한다. 인간의 한계가 여기까지인가 보군."

내 검은 마아드의 손바닥에 의해 멈춰져 있다. 고리의 기운이 가득 담긴 검을 너무도 쉽게 손으로 막아낸 것이었다.

그는 전혀 피해를 입지 않은 모습으로 나를 위에서 아래로 쳐다보고 있다.

나는 마아드의 손바닥에 잡힌 검을 버리고는 마아드의 목을 향해 달려들었다.

폰트니를 죽인 방법을 사용해야 했다.

어떻게든 상처를 내고 내 기운을 마아드의 몸에 뿌리내려 마기의 정수를 부수기만 하면 된다.

그렇게만 하면 마아드를 처리할 수 있다.

하지만 마아드는 내 접근을 완전히 막았다.

완벽한 타이밍에 움직였다고 생각했지만 마아드는 나보다 한발 빨리 움직였고, 나는 허공에 손질을 해야 했다.

"인간이 춤을 즐긴다는 얘기는 들어 알고 있다만, 이 상황에서 인간의 춤을 보고 싶진 않군. 제대로 싸우거라. 내 인내심이 바닥을 드러내고 있다네. 벌써부터 손을 쓰고 싶어지고 있다네."

아직은 자신의 힘을 선보이지 않고 있는 마아드였다.

이런 상황에서도 밀리고 있는데 본격적으로 기운을 사용한다면 기회가 없을지도 모른다.

방심하고 있는 지금을 노려야 한다.

나는 몸에 뿌리내린 기운을 손바닥으로 모았다.

모든 부위의 능력을 강화시키는 것은 욕심이다. 지금은 한

점으로 모인 기운을 이용해 공격해야만 마아드에게 상처를 남길 수 있다.

손바닥에 모인 강대한 고리의 기운에 손바닥이 터져 나갈 것만 같았지만 나는 억지로 기운을 손바닥에 모아 마아드에게 다가갔다.

그러고는 카인트 공작님이 알려준 장인의 검식을 손으로 펼쳤다.

단순하지만 상대와의 거리를 최단거리로 좁혀주는 검식이 장인의 검식이다.

무의식적으로 펼쳐진 장인의 검식에 내 손은 빠르게 마아드의 배를 향해 찔러 들어갔다.

\*  \*  \*

"으아아아아아!"

마아드의 기운이 내 몸을 감싸 안고 있다.

조금씩 빠져나가는 고리의 기운이 마아드를 향해 이동하고 있다.

모든 힘을 실은 장인의 검식은 실패했다.

내가 할 수 있는 최고의 공격이었지만 마아드에게 피해를 입히기에는 부족했고, 마아드는 내 몸을 붙잡고 강제로 기운을 뽑아내고 있다.

"생각보다 달콤한 기운을 가지고 있구나. 인간이 가지기에
는 아까운 기운이구나. 그래도 고맙다는 인사는 해야겠구나.
이 기운을 모조리 흡수하면 나는 정말 새로운 마왕이 될 수
있다. 모든 인간들은 너의 이름을 기억할 것이다. 새로운 마
왕을 도와준 인간으로 말이다."

치욕스러운 말에 반박하고 싶었지만 입을 달싹거릴 힘도
남아 있지 않았다.

고리에서 기운이 빠져나가는 것도 막지 못하고 있는 상황
에서 입을 여는 건 불가능했다.

이렇게 끝나는 건가?

허탈감이 찾아왔다. 이계로 처음 넘어온 장면부터 고리의
기운을 가지게 된 장면이 순차적으로 떠올랐다.

사람이 죽기 전에 주마등처럼 기억이 재생된다고 들었지만
내가 경험할 줄은 몰랐다.

고리의 크기가 조금씩 작아지는 만큼 삶에 대한 의지도 작
아지고 있다.

이제는 마지막을 직감하고 죽음을 기다리기만 했다.

고리의 주도권을 빼앗긴 순간부터 내가 할 수 있는 일은 없
었다.

단지 나와 함께한다는 이유로 악마들에게 고통을 받고 있

는 스승님과 브로안을 구해주지 못한 것이 안타까웠다.

내 기운이 작아지는 만큼 마아드의 기운은 빠르게 강해지고 있다.

처음 상대했을 때부터 괴물이었지만 지금은 전설 속에 등장하는 드래곤이 나온다고 하더라도 마아드를 막을 수 없을 것 같았다.

"그를 놓아주거라."

익숙한 목소리가 들려온다. 누구지? 몬스터 군대를 뚫고 이곳까지 올 수 있는 사람이 누가 있을까? 아니, 사람이 이곳까지 오는 것이 가능하기나 할까?

아! 기억났다. 이 목소리의 주인공은 크레닌이다.

악마의 탑에서 우리에게 굴욕을 당한 후 악마의 탑에 대한 정보를 건네주었던 크레닌의 목소리다.

크레닌이 나를 구하려고 하는 것이다. 하지만 그는 강하지 않다.

고리를 각성하기 전에도 우리를 막지 못했던 크레닌이 마아드를 막을 수 있을 리가 없다.

"오호! 이게 누구신가. 악마의 탑에서 숨어 연구만 하는 크레닌이 아닌가. 인간계에 관심이 없어 보이더니, 어쩔 수 없는 악마였군. 그래, 인간계를 지배하고 싶어 나온 것인가? 하지만 이미 인간계는 내 손에 넘어왔다."

마아드는 여전히 내 몸을 붙잡고는 있었지만 기운을 흡수하는 것은 잠시 멈추었다.

갑작스럽게 나타난 크레닌에 정신이 분산된 것이다.

"그래, 그런 자신감은 보기 좋구나. 마왕님도 너와 같은 자신감을 가지고 있었지. 하지만 그거 알고 있나? 마계에서도 최하위 서열이던 악마가 마왕이 될 수 있었던 방법에 대해서 말이야."

"전대 마왕에 대해서 묻는 것인가? 들어서 알고는 있지. 아무런 능력도 없던 악마가 능력을 키워 마왕까지 되었다는 꿈 같은 얘기를 전해 들은 기억은 있지만 그런 허황된 전설을 지금 말하는 이유가 뭐지?"

"내가 그 전설을 만든 존재란다, 어린 악마여."

크레닌의 목소리가 바뀌었다. 늙고 힘없던 크레닌의 목소리가 한순간에 근엄하고 위엄 있는 존재의 목소리로 변했다.

"너는 누구냐!"

위압감을 뿜어내는 크레닌의 모습에 마아드는 긴장해서 소리쳤다.

이빨 빠진 야수라고만 생각했던 존재의 이면에 마아드는 긴장할 수밖에 없었다.

자신보다 약한 악마이긴 했지만 전대 마왕을 가장 가까운 곳에서 모신 악마였다.

그의 능력에 대해서는 말이 많았지만 정확한 정보를 가지고 있는 악마는 없었다.

천천히 나와 마아드를 향해 걸어오는 크레닌은 너무도 자연스럽게 마아드의 손에서 나를 빼내었다.

마아드는 눈 뜨고 코 베인 느낌일 것이다.

"너는 마왕이 될 자격을 아직 갖추지 못했다. 마왕이 되고 싶어 하는 너를 지켜봤다. 너는 스스로가 마왕이 될 자격이 있다고 생각하겠지만, 그 자격을 네 스스로 부여할 수 없다. 마왕이 될 자격을 부여할 수 있는 존재는 나뿐이다."

크레닌의 말에 나는 머리가 아파왔다. 도통 무슨 소리를 하고 있는지 이해가 되지 않았다.

마아드도 두말할 것 없이 혼란스러워했다.

"무슨 소리를 하는 거냐? 내가 왜 너 따위에게 인정을 받아야 한다는 것이냐!"

"전대 마왕을 내가 만들었다. 어떻게 만든 줄 아느냐? 네가 지금 가지고 있는 기운을 이용했지. 마계는 순수한 마기가 지배하는 곳이지. 마기의 원류는 세상의 기운으로 이루어져 있다. 대부분의 악마들은 자연계 기운과 비슷한 마기를 가지고 있지. 하지만 소수의 악마들만이 흡수 계통의 마기를 가지고 있다. 이상하지 않느냐? 흡수 계통의 마기를 가진 악마가 있었다는 말을 들은 적이 있느냐? 없을 것이다. 내가 직접 창조한 기운이니 이전에는 흡수 계통의 능력을 가진 악마가 있을 리가 만무하지."

크레닌의 말에 마아드는 더욱 혼란스러워했다.

"닥쳐라! 어디서 거짓으로 나를 혼란스럽게 하느냐! 네가 이 기운을 창조했다고? 말이 되는 소리를 해라! 능력도 없으면서 입만 살았구나. 그 입을 오늘 내가 뽑아내 태워 주겠다."

마아드는 내 기운을 흡수해 더욱 강해진 마기를 폭발시키고는 크레닌을 향해 공격해 들어갔다. 공간이 왜곡되어 보일 정도로 강한 기운을 사용하고 있는 마아드였다.

마아드의 순식간에 거리를 좁혀 크레닌의 가슴을 향해 기운을 찔러 넣었다.

"소용없는 짓이다. 내가 창조한 기운으로 나를 공격할 수 있을 거라고 생각했는가?"

크레닌의 말처럼 마아드의 공격은 크레닌에게 아무런 피해도 주지 못했다.

주변을 초토화시키고 있는 마기였지만 크레닌은 그 기운을 자연스럽게 받아들였다.

"너는 자격이 없구나. 마기를 회수하겠다."

크레닌은 가볍게 손을 흔들었다. 그러자 강대한 마아드의 마기가 들끓기 시작했고, 빠른 속도로 마아드의 몸에서 벗어나 크레닌의 손으로 이동했다.

흡수 계통의 악마가 다른 흡수 계통의 기운을 흡수하기 위해서는 꽤나 노력을 해야 했다. 하지만 크레닌은 너무도 쉽게 마아드의 기운을 받아갔다.

이미 마왕이 되었다고 생각하던 마아드는 자신의 모든 마기가 사라지자 정신을 차리지 못했다.

"어떻게 된 일이야? 내 마기가 어디로 갔단 말이야! 돌려줘, 제발 돌려줘. 나는 마왕이 될 존재다."

후들거리는 다리로 겨우 지면을 밟고 서 있는 마아드는 당장이라도 쓰러져도 이상하지 않아 보였다.

마기를 잃은 마아드는 건장한 인간의 육체를 가지고 있을 뿐이었다.

"내 것을 내가 다시 가져가는 것이니 너무 아쉬워하지 말거라. 너는 자격이 되지 않았을 뿐이다. 새로운 마왕이 되기 위한 마지막 한 보를 걷지 못했구나."

"마왕이 될 자격이 뭐란 말이냐! 나보다 강한 기운을 가지고 있는 악마는 없다. 나 말고 그 누가 마왕이 될 수 있단 말이냐!"

가슴 깊숙이에서부터 솟아 나오는 분노를 담은 마아드의 말에 크레닌은 너무도 덤덤하게 대답했다.

"마왕이 일반 악마와 다른 점이 무엇인지 알려주마. 너는 다른 악마보다 강한 기운을 가지고 있긴 하지만 마왕이 될 자질은 없다. 마왕의 자질이 있는 존재가 너와 같은 기운을 가지고 있게 되면 육체와 정신이 변한다. 전대 마왕이 그랬지. 하지만 너는 이전과 다르지 않는 모습을 하고 있지 않느냐. 마왕이 될 자질이 부족하다는 뜻이지."

"정신과 육체가 어떻게 변할 수가 있느냐. 나는 믿지 못하겠다."

"믿지 못해도 상관없다. 단지 나는 자질이 없는 존재의 기운을 회수하기만 하면 된다. 이 기운은 새로운 존재들에게 뿌려질 것이다. 새로운 흡수 계통의 악마가 마계에서 태어나겠지."

기운을 잃은 마아드는 급속도로 노쇠하기 시작했다.

악마가 오랜 세월을 살 수 있는 이유는 마기가 육체를 보호하기 때문이었다.

마기를 잃은 마아드는 오랜 세월을 한순간에 받아들여야 했다.

피부는 이미 고목의 껍질처럼 변해 있었고, 머리카락은 힘이 빠져 땅으로 떨어졌다.

"이렇게 끝낼 수는 없다."

마지막 힘을 끌어내 손을 들어 올리는 마아드였지만 그 동작을 마지막으로 그는 바닥에 쓰러져 일어서지 못했다.

"마아드에게 빼앗겼던 기운을 돌려주겠다."

크레닌은 나에게 기운을 돌려주었다. 거의 사라질 뻔했던 고리는 크레닌에게 받은 기운으로 이전의 모습으로 돌아왔다.

"어떻게 된 일입니까? 흡수 계통의 기운을 창조했다니 도저히 이해가 되지 않습니다. 크레닌 님의 정체가 궁금합니다."

크레닌은 이전의 모습으로 돌아와 있었기에 힘겹게 말을 꺼낼 수 있었다.

마아드를 대할 때의 위압감은 사라져 있었고, 내가 알던 이전의 크레닌의 모습으로 돌아와 있었다.

"나는 마계의 태초를 같이한 마지막 존재란다. 나는 마계의 존립을 위해 움직인단다. 마왕이 될 자격이 있는 악마를 발견하고, 그 존재가 마왕이 될 수 있도록 돕는 것이 나의 사명이지."

"그러면 인간계에도 크레닌 님이 창조한 기운을 사용하는 인간이 있는 이유가 무엇입니까?"

"마왕이 꼭 악마가 될 이유는 없다고 생각했기 때문이란다. 내가 선택한 악마 몇을 인간계로 보내 내가 창조한 기운을 인간계에도 뿌리내리게 했지."

"그렇다면 이제 우리는 어떻게 되는 겁니까?"

크레닌이 나에게 이런 말을 해주는 이유를 알고 싶었다. 내가 묻긴 했지만 굳이 나에게 이런 설명을 해줄 이유는 없었다.

나를 죽일 생각이 아니라면 말이다.

"달라지는 것은 없단다. 나는 마왕을 선택하는 사명을 가지고 있을 뿐 인간계를 침공하려는 사명은 가지고 있지 않단다. 악마의 탑을 세우고 인간계를 침공하려는 계획을 세운 것은 마계의 악마들이 내린 선택이지, 나와는 관련이 없단다. 나는 마아드를 처리했으니 이만 돌아가야겠구나."

그냥 이대로 돌아간다고?

마아드가 사라졌으니 우리를 위협할 만한 능력을 가진 악마는 없다.

전쟁이 지금 당장 끝나지는 않겠지만 충분히 우리의 능력으로 인간계로 넘어온 악마와 몬스터를 처리할 수 있다.

"정말 그런 이유뿐입니까? 인간계로 넘어온 모든 악마들을 죽여도 상관이 없다는 뜻입니까?"

"그렇단다. 나는 새로운 씨앗을 뿌릴 뿐 다른 행동은 하지 않을 것이다. 그러니 알아서 하거라."

크레닌의 말에 나는 어떻게 움직여야 할지 감이 잡히지 않았다.

"동료들이 힘겨운 전투를 하고 있구나. 도와줘야 하지 않겠느냐."

크레닌이 손을 뻗어 허공을 잡자 가려진 시야가 밝아졌다.

자신의 행동을 보이지 않기 위해 주변에 장막을 친 것 같왔다.

시야가 돌아오자 나는 스승님과 브로안이 다른 흡수 계통의 악마들에게 유린을 당하고 있는 장면을 볼 수 있었다.

"스승님!"

나는 돌아온 고리의 기운을 이용해 스승님을 공격하고 있는 악마를 향해 달려갔다.

강한 악마였지만 지금까지 내가 상대해온 악마에 비하면 그렇게 강하지 않았다.

그리고 크레닌이 마아드에게 빼앗긴 기운을 돌려줄 때 작은 선물도 같이 줬기에 내 기운은 전보다 훨씬 강해졌다.

그 기운을 이용해 나는 스승님을 공격하고 있던 악마의 가슴에 손을 박아 넣었다.

비명조차 지르지 못하고 쓰러진 악마를 뒤로하고 나는 스승님에게 천산의 눈물을 복용시켰다. 더 많은 치료가 필요했지만 브로안이 위험한 상황이었기에 여기서 응급처치만을 하고 바로 브로안을 향해 이동해야 했다.

"죽어라!"

이번에도 한 번의 공격으로 흡수 계통의 악마를 죽였다.

순식간에 정리되어 스승님과 브로안은 상황을 이해하지 못하고 있었고, 나는 크레닌에 대한 얘기를 그들에게 풀어 놓았다.

"결국 그렇게 된 일이구나. 우리가 가지고 있던 기운이 마계의 존재가 만든 기운이라니. 허허."

심한 박탈감을 느끼는 스승님이다. 평생을 수련하고 연구했던 기운이 악마가 만든 계획의 일부였다는 것을 알았으니 허탈할 수밖에 없을 것이다.

"이렇게 있을 시간이 없습니다. 최대한 빠르게 악마의 군대를 정리해야 합니다. 더 큰 피해가 생기기 전에 움직여야 합니다."

천사의 눈물 덕분에 온전한 상태가 된 스승님과 브로안을 데리고 성안으로 돌아갔고, 곧장 다시 뛰쳐나와 악마의 군대와 전투를 벌였다.

가장 높은 서열을 가지고 있던 마아드가 사라진 악마의 군대는 오합지졸이 되어버렸고, 나는 강한 기운을 뿜어내는 악마만을 찾아다니며 사냥했다.

병사들은 꾸준히 거대 석궁을 쏘며 몬스터의 수를 줄였고, 근접해 오는 몬스터는 기사단이 직접 나서 상대를 했다.

하루가 다르게 악마의 수는 줄어갔고, 몬스터는 통제력을 잃고 음지로 숨어들어 갔다.

마지막 전쟁은 그렇게 끝나고 있었다.

많은 피를 흘리기는 했지만 결국 승리는 인간의 차지였다.

하지만 아직 남은 숙제가 있다.

이계를 떠나 한국으로 돌아가는 것.

한국으로 돌아가는 방법은 악마의 탑 10층에 존재한다.

현재로서는 나를 막을 능력을 가진 악마는 없다.

크레닌이 방해만 하지 않는다면 악마의 탑 10층을 장악해
한국으로 돌아갈 수 있다.

Chapter 7

생존을 위한 마지막 전쟁 II

구심점을 잃어버린 악마의 군대를 상대로 하는 전쟁이었지만 마냥 쉽지는 않았다.

　여전히 강한 마기를 가지고 있는 악마들이 남아 있었기에 우리도 많은 피해를 입고 나서야 몬스터 군대를 처리할 수 있었고, 많은 국가는 피해를 복구하기 위해 국민들이 고통을 분담해야 했다.

　이번 전쟁에서 가장 많은 인력과 물자를 투자한 브루니스 왕국이었지만 여전히 이계에서 가장 부유한 국가였다. 연구소에서는 전쟁 중에도 여러 가지 연구물을 만들어내었고, 그중 하나가 슬라임을 원료로 하는 성장 촉진 거름이었다.

전쟁으로 인해 농사를 지을 인력도 땅도 부족해진 지금 성장 촉진 거름은 식량난을 해소시켜 줄 수 있는 기적 같은 것이었다.

일반적인 농사법으로 얻는 농작물의 최대 5배까지 수확이 가능하게 하는 거름으로 인해 식량난은 빠르게 해소되었고, 브루니스 왕국은 더욱 탄탄한 재정 상태를 유지할 수 있었다.

그리고 많은 국가들은 브루니스 왕국에서만 나오는 거름을 구입하기 위해 새로운 채권을 발행해야 했고, 이계의 경제는 완벽히 브루니스 왕국의 손에 잡히게 되었다.

악마와의 전쟁이 끝난 시점부터 딱히 이계의 경제를 지배할 필요는 없었지만 그래도 만약을 대비해 채권을 발행하는 것을 허용해 주었다. 일면식도 없는 사람들이었지만 굶주림에 지친 다른 국가의 국민들을 모른 척할 수는 없었기 때문이기도 했다.

이제 어느 정도 전쟁의 아픔을 치료했다고 볼 수 있다.

이제 악마의 탑 10층으로 가기만 하면 된다.

마아드의 마기를 흡수하지는 못했지만 스승님과 브로안을 공격했던 흡수 계통 악마의 기운을 흡수했기에 더욱 강해진 고리를 가지게 되었다.

블랙홀처럼 빨아들이기만 하던 검은색의 고리가 충만해

졌다.

여전히 더 많은 기운을 원하고는 있었지만 이전처럼 탐욕스럽게 기운을 원하지는 않고 있었다.

전쟁에 대한 뒤처리를 하는 동안에도 나는 한순간에 강해진 기운을 제어하기 위한 수련을 게을리하지 않았고, 이제는 마아드보다 조금 못한 기운을 보유하게 되었다.

다시 마아드와 전투를 치른다면 그렇게 쉽게 당하지 않을 자신도 있었다.

하지만 크레닌은 아니다. 단순한 손짓 한 번에 강대한 마기를 뽑아버린 크레닌을 상대로는 이길 자신이 없다.

하지만 그는 마계의 조율자였다. 마계의 안위와 관련이 없다면 움직이지 않겠다고 선언했다. 나는 그 말을 믿고 악마의 탑 10층을 공략하기 위한 인원들을 모집했다.

모집했다고는 하지만 2명은 이미 정해져 있다.

스승님과 브로안.

2명은 이미 부상에서 회복했다. 천사의 눈물과 치료 아이템은 회복 불가능한 부상도 치료할 수 있다.

죽은 사람을 살리지는 못하지만 죽기 직전의 사람은 살릴 수 있는 천사의 눈물이었고, 치료 아이템과 더불어 사용한다면 빠른 회복이 가능했다.

악마의 탑으로 들어가기 위해서는 스승님과 브로안을 제외하고 한 명이 더 필요하다.

이전에는 부기사단장을 데리고 악마의 탑으로 들어갔지만 만약을 생각하면 이번에는 그를 데리고 들어가면 안 되었다.

나와 브로안이 죽기라도 한다면 브루니스 왕국의 기사단을 이끌 사람은 부기사단장뿐이기에 나는 상대적으로 능력이 떨어진 사람을 데리고 가고 싶었다.

위험한 곳에 가고 싶어 하는 사람이 누가 있겠는가.

기사들은 서로 자신을 데리고 가달라고 했지만 아직 꽃도 다 피우지 못한 기사들을 죽음의 구렁텅이로 밀고 들어가고 싶진 않았다.

솔직히 악마의 탑 10층을 공략하려는 이유는 나의 욕심 때문이다.

한국으로 돌아가는 방법이 탑 10층에 있었고, 이계의 안전과는 전혀 상관이 없는 일이었다.

모든 국가는 악마의 강림이 악마의 탑에서 죽은 사람들의 생기가 있었기 때문에 가능했다는 사실을 깨닫고는 자발적으로 악마의 탑을 봉인했다.

이전에도 알고 있던 사실이었지만, 실제로 악마의 탑에서 몬스터와 악마가 강림하는 것을 보았기에 내린 결정이었다.

"누구를 데리고 가는 게 좋을까?"

나는 오랜만에 한곳에 모인 브로안 형제와 현자와 함께 가벼운 티타임을 가지고 있다.

브로안의 동생인 브란은 현자의 집중적인 교육으로 인해 왕국에서 가장 지식이 풍부한 사람이 되었고, 아다드 왕의 눈에 들어 최연소로 국정을 운영하는 요직을 꿰차게 되었다.

오늘은 브란의 임명을 축하하기 위해 모였지만, 브란은 주인공의 자리에서 금세 물러날 수밖에 없었다. 우리 모두의 머릿속에는 악마의 탑 10층이 가득했기에 브란의 임명식에 관한 얘기는 10분도 유지되지 않았다.

"악마의 탑 10층에 가기 위해 유능한 기사가 필요한 것이냐?"

오랜만에 현자님과 대화를 하는 기분이다.

이전에는 현자에게 많은 도움을 받았지만 전투 위주의 전쟁이 시작된 이후에는 현자의 도움을 받지 않았다.

채권과 은행에 관한 일은 현자에게 도움을 받을 수 있었지만, 오로지 힘이 지배하는 전쟁에서는 현자의 도움이 필요 없다고 생각했기에 그에게 조언을 구하지 않았었다.

현자는 자신을 찾지 않는 나에게 조금 서운한 기색을 내비치기도 했었다.

잘못한 것이 있었기에 나는 평소보다 더욱 정중하게 현자의 질문에 대답했다.

"그렇지는 않습니다. 스승님과 브로안만 함께한다면 악마의 탑 10층이라고 한들 충분히 공략할 자신이 있습니다. 단지 데 빌 도어를 열 수 있는 한 사람이 필요합니다."

"그렇군. 하지만 위험할지도 모르는 곳에, 자네의 목적을 위해 이용하고 싶지 않아서 고민하고 있는 것이군. 그렇다면 피우지 못한 꽃이 아니라 죽기 직전의, 시들어가는 사람과 함께하면 되지 않겠는가?"

"무슨 말씀이신지?"

원래 현자는 두루뭉술하게 말하는 걸 좋아하긴 했지만 지금의 말은 정말 이해하기가 힘들었다.

"내가 함께하겠네. 굳이 전투력이 중요하지 않다니 내가 함께해도 문제가 되지 않아 보이네."

"스승님! 안 됩니다. 아직 배우지 못한 지식이 많습니다."

현자의 제자인 브란이 자리에서 벌떡 일어나며 소리쳤다.

한 번도 현자에게 큰 소리를 내본 적 없는 브란이었지만 스스로 위험한 곳으로 찾아가려는 스승님을 가만히 두고 볼 수가 없어 그를 만류하려고 했다.

"너는 이미 필요한 지식을 모두 습득했단다. 죽을 시간만 기다리고 있는 이 늙은이가 바라는 것이 있다면, 마계의 모든 것이 담겨 있는 악마의 탑 10층을 구경하는 것. 세상 모든 지식을 알고 있다는 내가 악마의 탑에 대해 모르고 죽을 수는 없지 않겠느냐."

단순한 호기심 때문일까? 아무리 현자가 호기심이 많은 사람이라고는 하지만, 그의 부탁을 받아들일 수는 없다. 나이에 비해 정정하다고는 하지만 기사에 비하면 터무니없이 약한 육체를 가지고 있는 현자였다.

10층에 어떤 악마가 남아 있을지 모르는 상황에서 그를 데리고 가는 것은 죽을 장소를 안내하는 것밖에 되지 않는다.

"무슨 생각을 하고 있는지 표정에 드러나고 있구나. 하지만 나는 꼭 같이하고 싶단다. 자네의 처음을 같이한 사람으로서의 부탁이라네. 자네가 나를 생각한다면 내 부탁을 꼭 들어주었으면 좋겠네. 내가 거기서 죽는다고 하더라도 절대 자네를 원망하지 않겠네. 그리고 죽을 장소를 내가 선택하는 것도 꽤나 낭만적이지 않은가."

현자의 목소리에는 진심이 담겨 있었고, 그의 눈에서 강한 열망이 엿보였다.

"하지만……."

"그럼 자네들과 함께 악마의 탑으로 가는 것으로 알고 있겠네."

"차라리 제가 대신 가겠습니다!"

브란이 소리쳤지만 그의 말에 관심을 두는 이는 아무도 없었다.

정말 현자를 데리고 악마의 탑에 가야 될까?

"나는 찬성이란다. 같이 늙어가는 처지라 현자님이 무슨 생각을 하고 있는지 알겠구나. 네가 정말 현자님을 생각한다면 같이 악마의 탑으로 가는 것이 좋을 것이다."

나는 현자의 부탁을 두고 혼자 고민해 봤지만 딱히 답이 나오지 않아 스승님에게 의논을 했다. 그리고 스승님의 의견은 내가 전혀 생각하지 못했던 것이었다.

"정말 현자님과 함께 악마의 탑으로 가도 되겠습니까? 우리의 능력이 상승했다고는 하지만 여전히 악마의 탑은 위험한 장소입니다."

"그걸 모르는 사람이 있겠느냐. 나라고 할지라도 악마의 탑에 들어가기 전에는 마지막 준비를 한단다. 누가 되었든 위험한 곳이니 간절히 가고 싶어 하는 이를 데리고 가는 것이 맞지 않겠느냐."

스승님의 말에 나는 반박할 수가 없었고, 마음 한편에 무거운 돌이 들어 있는 기분이었지만 어쩔 수 없이 현자와 함께 악마의 탑으로 가기로 결정했다.

*    *    *

"여기가 악마의 탑이구나. 허허. 이런 세상을 구현할 수 있다니, 악마의 능력이 놀랍구나."

어쩔 수 없이 악마의 탑으로 현자를 데리고 들어왔다.

마지막일지도 모르는 상황이었기에 나는 하나라도 더 많은 것을 현자에게 보여주기 위해 아이템을 사용하지 않고, 악마의 탑 1층부터 유람하듯이 들어왔다.

인간계로 많은 몬스터들이 넘어왔기에 악마의 탑에 남아 있는 몬스터는 정말 얼마 되지 않았고, 큰 위험 없이 우리는 악마의 탑 6층까지 도착할 수 있었다.

"이렇게 뵙게 되네요."

악마의 탑 6층에서는 언제나처럼 크레닌이 우리를 반겼다.

예전처럼 그를 편한 마음으로 대할 수가 없었다.

악마의 탑에서 유일하게 나를 방해할 수 있는 존재가 크레닌이다.

그러니 어찌 그를 편하게 대할 수 있겠는가.

"그래, 이제 원래 있던 세계로 돌아가려고 하는 겐가. 오랜 시간 고생이 많았네. 편안히 돌아갈 수 있기를 바라겠네."

내가 정보를 주긴 했지만 내가 다른 세계에서 넘어왔다는 사실을 이렇게 정확하게 파악하고 있을 줄을 몰랐다.

하긴 크레닌 정도라면 내가 처음 차원 이동에 관한 질문을 했을 때 내 정체를 파악했겠지.

"방해는 하지 않으실 생각이십니까?"

"물론일세. 나는 마계가 붕괴되지 않는다면 굳이 나서지 않을 생각이네. 그런데 서둘러야 될 것일세. 자네가 차원을 이동하기 위한 마왕의 기운이 서서히 마계로 돌아가고 있다네. 악마의 탑의 주인이었던 마아드가 사라져서 더는 악마의 탑이 유지되지 못하고 있다네. 악마의 탑이 사라지고 여기에 있는 모든 것이 마계로 돌아가 버린다면 자네는 자네가 원하는 것을 이루지 못할 걸세."

악마의 탑이 사라지고 있다? 그런 징조를 느끼기는 했지만 이렇게 빨리 사라져 버릴 거라고는 전혀 생각하지 못했다.

나는 급한 마음에 크레닌에게 인사도 하지 않고 데빌 도어로 달려갔다.

동료들이 나를 따라오는 소리가 들렸다.

하지만 한 명이 따라오지 않았다.

"현자님, 서둘러야 합니다."

크레닌의 앞에서 가만히 서 있는 현자를 향해 소리쳤다.

큰 소리로 외쳤기에 내 말을 듣지 못할 리는 없다. 하지만 현자는 나를 바라보지도 않고 시선을 크레닌에게 집중했다.

"오랜만이군. 이렇게 자네를 다시 보게 될 날이 올 줄은 몰랐네."

현자님이 무슨 말을 하고 있는 거지?

크레닌을 만난 적이 있었던가?

내가 알기로는 크레닌이 인간계로 넘어온 것은 마아드를 처리할 때뿐이었다.

나는 이상 행동을 보이고 있는 현자를 막기 위해 다시 걸음을 돌려 현자에게 다가갔다.

"다가오지 말거라. 너를 다치게 하고 싶지 않구나."

지금까지 전혀 느껴보지 못한 기운이 현자에게서 뿜어져 나왔다.

고리의 기운과 정반대되는 기운이 현자에게서 느껴졌다.

고리의 기운이 마기와 가깝다면 현자에게서 느껴지는 기운은 자연의 기운이었다.

순수하고 청량한 자연의 기운이 나와 동료들을 막았다.

"아직 이런 기운을 가진 존재가 남아 있다니. 1차 항마 전쟁 이후 사라졌다고 생각했던 존재가 아직 살아 있었다니."

크레닌 또한 현자를 알고 있는 눈치였다.

현자님의 정체는 뭐란 말인가!

"안녕하신가, 세상의 조율자이자 태초의 신에 의해 창조된 드래곤이시여."

나는 귀를 의심했다.

드래곤이라니?

내 귀가 이상한 게 아니라면 분명 크레닌의 입에서 드래곤이라는 단어가 나왔다.

오랜 세월을 살아온 사람이라고는 알고 있었지만, 그 정체가 드래곤일 거라고는 꿈에서도 상상하지 못했다.

여전히 나는 현자의 정체를 믿지 못했다.

하지만 그의 몸에서 더욱 강한 자연의 기운이 쏟아져 나오자 나는 정말 현자가 전설 속에서만 존재한다는 걸 알게 되었다.

"악순환을 끊을 때가 된 것 같구나. 자네는 마계의 존립을 위해 노력하고 있다고 하겠지만, 자네의 행동으로 인해 새로운 마왕이 계속해서 만들어지고 인간계를 힘들게 하고 있네."

현자의 강대한 기운에 우리는 뒤로 물러날 수밖에 없었고, 크레닌도 마아드를 상대했을 때의 기운을 뿜어내며 현자의 기운을 밀어냈다.

"이게 왜 악순환이라고 생각하는가? 인간계가 중요한 만큼, 나에게는 마계가 중요하다네. 자연스러운 흐름을 막으려고 들지 말게나."

마계의 태초를 함께한 자와 인간계의 태초를 함께한 자의 전투가 시작되려고 하고 있었다.

*　　　*　　　*

크레닌이 평소의 모습을 버리고 태초의 악마의 모습으로 변하려고 하고 있다.

검은 마기가 악마의 탑을 가득 채웠다. 악마의 탑은 크레닌의 마기에 견디지 못하고 공허로 빨려들어 가고 있었다.

"자네, 이름이 무엇인가? 많은 드래곤을 죽였지만 자네가 기억나지 않는군."

최초의 항마 전쟁 당시 악마와 드래곤 간의 전쟁이 치열했다고 역사책에 기록되어 있다.

크레닌도 그 전쟁에서 많은 드래곤을 만났을 것이다.

"나는 골드 드래곤 일족의 마지막 하늘의 지혜를 이어받은 드래곤 바마부니스다. 항마 전쟁 당시 골드 드래곤의 숙명을 풀기 위해 봉인된 상태에 있어서 항마 전쟁을 비켜난 존재다. 내가 살아남은 이유는 오늘 자네를 소멸시키기 위해서인 것 같군."

"계속 인간들 틈에서 지냈다면 수명을 더욱 연장할 수 있었을 건데, 이렇게 스스로 모습을 드러내다니. 멍청하구나. 드래곤들이 왜 멸종을 당했는지 아는가? 드래곤의 힘으로는 절대 태초의 악마를 이길 수가 없다. 인간계에서 편안히 시간을 보낸 드래곤이 처절한 전투로 하루를 보내는 악마를 이길 수 있을 거라고 생각하는가? 이전에 다른 드래곤들이 그랬던 것처럼 자네도 자연으로 돌려보내주마."

현자의 이름을 알게 되었다. 바마부니스.

낯선 이름이었지만 그가 인간이 아니라는 사실은 그렇게

어렵지 않게 받아들여졌다.

현자의 나이를 아는 이는 아무도 없다. 많은 사람들이 그를 만났다고 기록되어 있다.

가장 오래된 기록은 200년이 넘는다. 인간의 수명이 길다고 해서 200년 동안 살아갈 수는 없다. 아니, 산다고 하더라도 200살이 넘은 사람이 현자처럼 저렇게 정정한 모습을 할 수는 없을 것이다.

바마부니스는 크레닌이 만든 마기의 폭풍에 대항하기 위해 자연계 기운을 방출하기 시작했다. 자연계 기운이 바마부니스의 몸에서 나오기 시작하자 악마의 탑을 가득 채우던 마기는 조금씩 약해졌다. 그리고 바마부니스의 몸도 조금씩 변하고 있었다.

인간의 모습이 아닌 드래곤의 모습으로 변하고 있는 것이다.

두 존재의 전투가 시작되면 악마의 탑은 얼마 견디지 못하고 부서질 게 분명했다.

그 전에 나는 악마의 탑 10층을 찾아가야 한다.

하지만 인원이 부족했다.

어떻게 해야 할지 모르는 상황에서 나는 입술만 깨물며 답답해했다.

그런 나에게 바마부니스가 마음속으로 대화를 걸어왔다.

[자네는 악마의 탑으로 넘어가게나. 아이템을 주겠네. 이 아이템을 사용하면 악마의 탑을 자유롭게 이동할 수 있다네. 제약이 완전히 사라지는 것이지.]

내 손에는 처음 보는 아이템이 들려 있었다.

무슨 방법으로 나에게 이 아이템을 전해줬는지는 모르겠지만, 전설에서만 볼 수 있는 드래곤의 능력이라면 이 정도 일은 숨 쉬는 것보다 쉬운 일이겠지.

손에 들린 아이템의 능력을 사용하기 위해서는 능력을 파악하는 것이 우선이다.

나는 손에 들린 목걸이형 아이템에 정신을 집중했다.


[금빛 공간 왜곡자]

등급 : A

내구성 : 700/700

강도 : 1

순도 : 99%

악마의 탑을 자유롭게 이동 가능.

효과 부여 가능 인원 : 4명

골드 드래곤의 피로 만들어진 아이템으로서, 골드 드래곤의 마지막 수장이 심혈을 기울인 아이템이다. 다른 능력을 가지고 있지만 봉인되어 있다.

다른 능력이 무엇인지는 중요하지 않았다.

그 능력이 중요했다면 굳이 봉인을 하지는 않았을 것이다.

지금은 악마의 탑 10층으로 가는 것이 우선이다.

"우리는 악마의 탑 10층으로 이동해야 합니다. 저들이 전투를 시작하면 악마의 탑은 금세 무너지고 맙니다. 빨리 이동해야 합니다."

나는 다른 설명은 생략하고 본능적으로 브로안과 스승님의 손을 잡았다.

그러고는 공간 왜곡자를 꼭 잡고 악마의 탑 10층을 속으로 외쳤다.

그러자 공간 왜곡자에서는 금빛 광채가 쏟아져 나왔고, 몸이 붕 뜨는 기분과 함께 빛 속으로 빨려들어 갔다.


"아이들은 떠났군. 어른들의 싸움을 본격적으로 시작해 볼 때가 되었군."

드래곤의 말에 악마는 미소를 지었다.

악마도 자신이 아끼던 인간을 전투의 후폭풍에 잃고 싶지 않았기에 드래곤의 행동을 알면서도 막지 않았다.

"드래곤과의 전투는 오랜만이구나. 마지막 드래곤을 내 손으로 소멸시키고 싶지는 않지만 어쩔 수가 없구나."

악마의 손에서 검은 마기의 불꽃이 만들어졌다.

그의 기운에 반응하듯 악마의 탑은 흔들렸다.

단지 기운으로 불꽃을 만든 것뿐이지만 그것만으로도 악마의 탑은 견디지 못하고 요동쳤다.

"그게 태초의 악마가 사용하는 마기인가? 드래곤이 항마 전쟁에서 소멸을 당한 이유를 알 것만 같군. 하지만 나는 골드 드래곤의 마지막 수장이다. 그리고 골드 드래곤의 오랜 숙명을 극복한 존재다. 그 정도 기운으로는 나를 이길 수 없다."

바마부니스의 몸에서는 청아한 숲의 기운과 모든 것을 담을 수 있는 하늘의 기운이 느껴지기 시작한다.

골드 드래곤은 보통 천둥의 기운을 사용했다고 전해진다.

하지만 지금 그가 사용하고 있는 기운은 모든 자연계 기운이었다.

"드래곤이 가지고 있기에는 거대한 기운이군. 그런 기운을 가진 드래곤이 하나만 더 있었다면 나도 승리를 장담할 수 없었겠구나. 하지만 홀로 나를 상대하는 것은 불가능하다. 나는 마계의 문지기이자, 마계의 주인을 만드는 존재다. 마계의 모든 기운이 나에게 연결되어 있다. 아무리 강한 자연의 기운이라고 할지라도 나에게 상처를 입히는 것은 불가능한 일이지. 헛된 희망을 버리게 해주마."

크레닌의 손 위에서 춤을 추고 있는 마기의 불꽃이 더욱 강하게 일렁거리기 시작했다.

그리고 불꽃은 점점 드래곤의 앞으로 이동했다.

자연의 기운과 순수한 마기의 대립은 팽팽했다.

어느 한쪽으로 치우치지 않고 중립을 지키고 있다.

영원토록 유지될 것만 같은 균형이다. 하지만 이 균형이 깨지는 순간 악마의 탑은 끝이 날 것이다.

Chapter 8

마왕의 정수

금색의 빛이 눈에서 사라지자 처음 보는 장소가 눈에 들어왔다.

스승님과 브로안의 손의 감촉이 느껴졌기에 긴장되지는 않았지만 그래도 여기는 악마의 탑 10층이다.

와 본 적은 없지만 강한 마기를 뿜어내고 있는 마기의 정수가 공중에 떠 있는 장소가 악마의 탑 10층 말고도 있을 거라고는 생각되지 않는다.

"이제 어떻게 해야 됩니까? 하늘에 떠 있는 저걸 부수면 됩니까?"

브로안은 나보다 더 조급해 보였다.

크레닌과 바마부니스의 강한 기운을 몸으로 느꼈기에 브로안이 저런 반응을 보이는 것이 이상하지는 않았다.

나조차도 지금 조급함에 머리가 마비되려고 하고 있다.

하지만 급히 움직여서는 안 된다.

다 된 밥에 재를 빠뜨리는 실수를 할 수는 없다. 밥이야 다시 지으면 그만이지만, 이번에 실수하게 되면 영원히 한국으로 돌아갈 기회가 없을지도 모른다.

"마기의 정수 옆에 있는 악마부터 처리해야 될 것 같다."

마기의 정수 옆에 있는 악마의 수는 고작 두 마리에 불과하다.

하지만 그들이 가지고 있는 기운은 폰트니와 비슷했다.

그렇지만 마아드에 비하면 터무니없이 약한 기운이다.

고리의 기운이 강해진 이상 저런 악마를 상대하는 것은 어렵지 않다.

악마들도 우리를 발견했는지 기운을 끌어 올리면 소리쳤다.

"감히 인간이 이곳을 침범하다니! 인간 따위가 올 장소가 아니다."

"종족이 중요한 상황이 아니라고. 지금 악마의 탑을 흔들고 있는 기운이 느껴지지 않아? 아무리 머리에 돌이 든 악마라고 하더라도 기운은 느낄 수 있잖아. 지금 악마의 탑 6층에서 너희들이 상상도 할 수 없는 존재들이 전투를 벌이고 있다고.
다시 마계로 돌아가든, 아니면 인간계로 피하든 둘 중 하나는
해야 소멸되지 않을 거다."

굳이 이런 설명을 해줄 필요는 없지만 그래도 기회는 줬다.

우리를 막지 말라는 기회를 말이다.

하지만 악마들은 내가 준 기회를 걷어차 버렸다.

"인간의 입에서 나온 말을 우리가 믿을 거라고 생각하는가?
나는 마계 서열 6위의 순수한 혈통을 이어받은 악마다. 감히
인간 따위가 나와 대화할 자격이 있다고 생각하는가?"

악마 특유의 거만함을 내뿜는 악마의 말에 나는 일일이 반
응할 시간이 없었다.

"브로안, 가자. 스승님, 우측을 부탁드립니다."

마계 서열 6위라면 높은 위치였지만 우리를 막을 능력은 없
어 보였다.

마계에서 오랫동안 직위를 이용해 편안하게 세월을 보냈을
테니 이렇게 죽는다고 해도 후회는 크지 않겠지.

나 혼자 생각하고 결론을 내렸다. 내가 내린 결론은 악마의
소멸이다.

브로안은 거대한 방패를 들고 악마의 시선을 끌었고, 나와
스승님이 각기 다른 방향으로 몸을 감추고 악마에게 다가갔
다.

2명의 악마는 브로안의 방패를 향해 마기를 쏟아낼 준비를 하고 있었다.

하지만 그런 준비 동작은 나에게 있어서는 좋은 허점이었다.

나는 그들이 공격 준비를 마치기 전에 지척에 도착했고, 우리에게 입을 나불거린 악마의 가슴에 손을 찔러 넣었다.

딱딱한 뼈가 손을 막았지만 고리의 기운이 손을 보호하고 있었기에 케이크에 손을 넣는 것처럼 손 쉽게 그의 가슴을 뚫고 마기의 정수를 뽑아낼 수 있었다.

"어떻게 인간 따위가 나를……."

"마지막 유언은 잘 들었어. 이만 데빌 실로 변해라."

마기의 정수를 흡수할 시간도 없었기에, 나는 그대로 손에 힘을 주어 마기의 정수를 부수었다. 그러자 가슴에 구멍이 뚫린 악마는 사라졌고, 그 자리에는 아이템 몇 가지와 데빌 실이 생겨났다.

"이제 네 차례네."

자신의 동료가 어이없이 죽은 장면을 목격한 다른 악마는 급히 나에게서 벗어나려고 했지만 후방을 막는 브로안과 다른 방향에서 공격해 들어오는 스승님의 손에 발을 제대로 움직일 수 없었다.

우왕좌왕하는 마지막 남은 악마의 가슴에서도 마기의 정수를 꺼내 터뜨려 주었다.

이제 악마의 탑 10층에 우리를 방해할 존재는 없다.

"저 커다란 기운을 어떻게 이용하려고 하는 거냐?"

스승님은 하늘 높이 떠 있는 마왕의 마기의 정수를 보며 말했다.

"저도 잘 모르겠습니다. 하지만 마기의 정수를 직접 만져보면 방법이 생길 것 같습니다."

인간이 하늘을 날기 위해서는 도구의 도움을 받아야 한다.

비행기를 타거나, 아니면 다른 기계의 도움을 받지 않으면 하늘을 날 수 없었고, 나 또한 하늘을 나는 능력을 가지고 있지 않다.

하지만 높이뛰기는 가능하다.

발에 고리의 기운을 가득 실어 발에 새겨져 있는 문양을 활성화시켰다.

내가 발을 구르자 지면은 지진이라도 난 것처럼 흔들렸다.

나는 그 반발력을 이용해 마왕의 정수에 다가갈 수 있었다.

맑은 검은색이라는 단어는 생각해 본 적이 없다.

하지만 마왕의 정수는 순수한 검은색을 하고 있었다.

세상의 어떤 것이 이보다 더 아름다울 수 있을까?

내가 손을 대면 순수함이 부서질 것만 같다.

하지만 나는 손을 멈추지 않고 뻗어 마왕의 정수를 만졌다.

그 순간 엄청난 기운이 손을 통해 느껴졌다.

마아드의 기운이 나는 끝인 줄 알았다. 그보다 더 강한 기운을 가지고 있는 악마는 없다고 확신했었다.

마왕이 되기 직전의 상황이었던 마아드였고, 그를 인정했던 크레닌이다.

당연히 마왕의 기운도 마아드의 기운과 비슷할 거라고 확신했었다.

하지만 그 확신은 산산이 조각났다.

"이래서 마아드가 마왕이 될 자격이 없다고 크레닌이 말했던 것이군."

마왕의 정수에서 느껴지는 기운은 몇 겹으로 응축된 마기였다.

단지 방대한 양을 가지고 있던 마아드와는 질적으로 다른 기운이다.

이 기운을 흡수해야 되는 걸까?

마왕의 정수를 이용하면 차원 이동이 가능하다는 것은 알고 있지만 어떻게 이용해야 되는지는 모르고 있다.

마왕의 정수를 흡수하는 방법 말고는 다른 방법이 생각나지 않았다.

나는 다른 악마의 마기의 정수를 흡수할 때처럼 고리의 기운을 뿜어내 마왕의 정수를 감싸 안으려고 했다.

지금까지 봐왔던 마기의 정수보다 몇 배는 큰 마왕의 정수였지만 내가 기지고 있는 고리의 기운도 적지 않았기에 충분히 마왕의 정수를 감쌀 수 있었다.

나는 천천히 마왕의 정수에서 흘러나오는 기운을 흡수하려고 했다.

하지만 강한 응집력을 가지고 있는 마왕의 정수는 고리의 기운을 거부하고 마왕의 정수에서 벗어나지 않으려 하고 있다.

결국 마왕의 정수를 흡수하기 위해서는 마왕의 정수를 파괴해야 된다는 결론이 났다.

나는 마왕의 정수를 감싸던 기운을 다시 불러들여 마왕의 정수를 부수기 위한 도구로 사용했다.

마왕의 정수에 작은 구멍을 뚫는 작업을 하기 위해 모든 고리의 기운이 사용되었다.

고리의 기운은 빠르게 회전해 마왕의 정수 중심에 힘을 가했다.

확실히 마왕의 정수는 다른 마기의 정수와 달리 강한 반발력을 보였다.

하지만 많은 악마의 기운을 흡수한 고리의 기운은 두꺼운 마왕의 정수의 표면을 뜯을 정도의 힘이 있었다.

조금씩 마왕의 정수의 표면이 뚫리기 시작했고, 드디어 마왕의 정수에 구멍이 생겼다.

이제는 흡수하기만 하면 된다.

고리의 기운도 나와 같은 생각을 하고 있는지 고리의 안을 비우고는 새로운 기운을 받아들일 준비를 마쳤다.

구멍을 막고 있는 고리의 기운을 풀었다.

그 순간 엄청난 양의 마기가 몸으로 들어왔다.

쓰나미처럼 빠른 속도로 들어오는 마왕의 정수를 다 받아들일 자신은 없었지만 아까운 마기를 허공에 버리고 싶지는 않았기에 나는 마왕의 정수가 내 몸속으로만 흐르도록 길을 만들어 강대한 마기를 모두 몸으로 받아들였다.

고리는 꾸역꾸역 마기를 흡수했다. 고리가 가지고 있던 기운보다 훨씬 많은 양의 마기였지만 지금까지는 흡수할 수 있었다.

이제 절반 가까운 마왕의 정수를 흡수했다.

겨우 절반이다. 고리는 서서히 한계에 다다르고 있었다.

이대로 더 마왕의 정수를 받아들이고 싶었지만 한계였다.

더 기운을 흡수해 버리면 내 몸과 고리가 견디지 못한다.

결정을 해야 했다.

이대로 고리의 잠재력을 믿든지, 아니면 안전하게 기운을 바깥으로 돌리든지.

마왕의 정수를 바깥으로 돌리면 내가 다시 기운을 흡수할 수 있을까?

분명 어느 정도는 악마의 탑에 남아 있긴 할 것이다.

하지만 내가 한국으로 돌아가는 데 필요한 기운이 남아 있을지는 미지수다.

나는 결정을 내렸다.

이대로 죽는 한이 있더라도 마왕의 정수를 모두 몸으로 받아들이기로 말이다.

핏줄이 살갗을 뚫고 튀어나올 것만 같았고, 혈관을 타고 흐르는 피는 역류하기 시작했다. 심장은 귓가를 징으로 때리는 것처럼 거세게 뛴다.

지금 당장 심장이 터져 버린다고 하더라도 이상하지 않았다.

하지만 나는 그만둘 수 없다.

검은색을 띠고 있는 고리는 마왕의 정수에서 들어오는 기운을 받아들이기만 할 뿐 응축을 하지는 못하고 있었다.

넘치게 들어오는 기운을 받아들이는 것만으로도 한계인 상태였다.

"내가 도와주겠다."

귓가를 장악하고 있는 심장 박동 소리를 뚫고 스승님의 목소리가 들려왔다.

나는 입을 열 기운이 없었기에 스승님을 말리지 못했고, 스승님은 내 옆으로 다가와 마왕의 정수에 손을 가져다 대었다.

스승님도 고리를 가지고 있는 만큼 마왕의 정수를 흡수할 수 있는 능력을 가지고 있지만 마왕의 정수에서 나오는 기운은 너무 강하고 방대했다.

이제 겨우 노란색의 고리를 가지고 있는 스승님이 감당하기에는 벅찬 기운이다.

스승님도 마왕의 정수가 자신이 감당하기에 벅찬 기운이라는 것을 알고 있을 것이다.

하지만 스승님은 자신의 몸을 생각하지 않고, 마왕의 정수를 받아들이기 시작했다.

스승님의 심장 박동 소리까지 들려오기 시작한다.

오로지 내 몸으로만 통하는 길이 스승님이 합류하면서 두 갈래가 되었고, 나는 조금의 여유를 가지게 되었다.

내 고리는 기운이 들어오는 양이 줄어들자 마왕의 정수에서 들어오는 기운을 응축하는 여유를 가지게 되었다.

응축하는 만큼 고리에 공간이 생겼고, 안정적으로 마왕의 정수의 기운을 흡수하기 시작했다.

고리의 입장에서는 좋은 상황이었지만 스승님은 목숨을 걸고 기운을 받아들이고 있다.

살며시 눈을 뜨고 스승님의 상황을 살폈다.

스승님의 눈은 붉게 충혈되어 있었고, 입에서는 피가 흘러나와 상의를 적셨다.

이대로라면 조만간 스승님은 마왕의 정수를 견디지 못하고 기운에 잠식당할 것이다.

이번 일은 한국으로 돌아가겠다는 나의 욕심으로 비롯된 것이다.

스승님이 죽을 이유는 없다.

나는 고리의 기운을 이용해 스승님으로 통하는 길을 막았다.

그러자 스승님은 천천히 안정을 찾아가고 있었다.

하지만 고리는 다시 빠른 속도로 유입되는 마왕의 정수에 기운을 응축시킬 여유을 잃어버렸고, 다시 몸에 과부하가 걸리기 시작했다.

그래도 내가 해야 되는 일이다. 업보를 스승님과 나누고 싶진 않았다.

심장에서 가까운 핏줄들이 터지기 시작했다.

온몸으로 피가 흐르며 몸을 따뜻하게 만들고 있다.

하지만 따뜻함이 느껴지지 않는 순간, 나는 끝을 맞이할 것이다.

마왕의 정수를 너무 쉽게 생각했다. 마계의 지배자였던 마왕의 기운이 담긴 정수를 한낱 인간이 흡수할 수 없다.

과다 출혈에 점점 머리가 굳어갔다. 고통도 느껴지지 않는다.

단지 기계처럼 마왕의 정수를 흡수하고만 있었다.

이제는 그만둘 수도 없었다.

태풍에 구멍이 뚫린 방파제처럼 마왕의 정수는 내 몸을 파괴하기 위해 달려들고 있다.

이렇게 죽는 것일까?

"뀨!"

품에서 꼼지락거리는 느낌이 든다.

네르인가?

네르가 내 몸을 타고 올라 가슴에 얼굴을 묻었다.

그래도 마지막을 함께해 줘서 고마워.

네르도 내 마지막을 느낀 것인지, 슬픈 얼굴로 내 가슴에 얼굴을 묻고 있다.

그렇게 마지막을 기다리고 있을 때 네르의 몸에서 광채가 터져 나왔다.

마왕의 정수에서 나오는 광채보다 절대 약하지 않은 광채였다.

네르의 몸에서 흘러나온 광채는 내 가슴을 향해 흘러 들어와 마왕의 정수의 흐름을 막았다. 새로운 방파제가 생긴 것이다.

하지만 내 몸은 이미 너무도 망가졌다.

조금만 더 빨리 새로운 방파제가 생겼다면 마왕의 정수를 응축시킬 수 있었을 것이다.

하지만 지금은 나도 그렇고, 고리도 너무도 지쳤다.

어디선가 금빛 광채가 흘러 들어와 내 몸을 감싸기 시작했다.

누구의 기운인지 확인할 힘이 남아 있지 않다.

하지만 그 기운이 내 몸을 회복시키고 있다는 사실은 정확히 알 수 있었다.

몸이 회복되자 고리도 덩달아 기운을 차렸고, 빠르게 마왕의 정수를 응축하기 시작했다.

흡수와 응축을 얼마나 반복했는지 모르겠지만, 드디어 마왕의 정수를 모두 흡수할 수 있었다.

나는 그 어떤 것보다 무거운 눈꺼풀을 힘겹게 들어 올렸다.

그러고는 내 몸에 금빛 기운을 밀어 넣고 있던 존재를 확인했다.

마지막 남은 드래곤이자 나와 같이 많은 시간을 보낸 존재였다.

바마부니스라는 이름보다 현자라는 이름이 익숙한 그가 내 몸을 회복시켜 주고 있던 것이었다.

"수고했다. 조금 늦었구나."

걱정 가득한 현자의 말에 나도 모르게 눈가에서 물이 흘러나왔다.

피인지 눈물인지 모르는 물을 소매로 닦아 내며 말했다.

"감사합니다. 현자님이 아니었다면 저는 마왕의 정수를 흡수하지 못하고 죽었을 겁니다. 정말 감사합니다."

현자가 여기에 왔다는 것은 태초의 악마인 크레닌을 이기고 올라왔다는 뜻일 것이다.

"크레닌은 어떻게 되었습니까?"

"놓쳤구나. 그와의 전투는 힘들었지만 드래곤의 마지막 힘으로 이길 수는 있었다. 하지만 마지막 순간에 그를 놓쳤다. 그가 마계로 돌아갔는지, 아니면 다른 곳으로 갔는지 확인을 할 수가 없구나."

아쉬운 표정이 역력한 현자였다.

더는 항마 전쟁을 걱정하지 않고 싶었겠지만 크레닌을 완벽히 소멸시키지 못한 이상 새로운 항마 전쟁을 걱정해야 했다.

현자님이 남아 있는 이상 이계를 더 걱정할 필요는 없어졌다.

그가 왜 처음부터 나서지 않았는지는 모르겠지만 드래곤이 이계에 남아 있는 이상 항마 전쟁이 쉽게 발발하지는 않을 것이다.

"현자님, 왜 처음부터 모습을 드러내지 않았는지 여쭈어봐도 되겠습니까?"

현자는 얼굴을 가리고 있는 내 머리카락을 옆으로 쓰다듬어 주고는 입을 열었다.

"나는 너무 오랜 시간을 살아왔다. 불사에 가까운 수명을 가지고 있지만 드래곤의 숙명을 풀기 위해 많은 기운을 소모했고, 드래곤의 모습으로 헌신할 수 있는 시간이 길지 않았기에 결정적인 순간에만 힘을 사용할 수 있었구나. 미안하구나. 너에게 많은 짐을 지게 했구나."

"아닙니다. 현자님이 아니었다면 절대 승리하지 못했을 겁니다. 그러면 이제 저는 원래의 세상으로 돌아갈 수 있습니까?"

"그렇단다. 진크스 황제가 그랬듯이 너도 원래의 세상으로 돌아갈 자격을 갖추었다."

현자의 입에서 진크스 황제에 관련된 말이 나왔다.

혹시 진크스 황제도 현자의 도움을 받지 않았을까?

"진크스 황제를 실제로 본 적이 있으십니까?"

"그렇단다. 이제야 말할 수 있겠구나. 진크스 황제는 물론이고 너도 내가 이계로 불러들였단다. 악마가 움직이기 시작하면 나는 여러 차원에 이계로 넘어올 수 있는 차원의 문을 만들었단다. 진크스 황제도 그런 차원의 문을 통해 이곳으로 넘어왔단다. 그리고 너도 그렇단다."

용광로에 빠져 이계로 넘어왔다는 사실이 믿기지 않았었다.

하지만 용광로에 차원의 문이 생성되어 있었다면 이계로 넘어온 이유가 설명되었다.

"그렇다면 저는 이제 어떻게 하면 원래의 세상으로 돌아갈 수 있습니까?"

"나는 다른 차원에서 이곳으로 넘어오는 차원의 문을 만들기 위해 많은 기운을 사용했고, 너를 다시 원래의 세상으로 보낼 수 있는 기운이 남아 있지 않단다. 차원의 문을 다시 만들기 위해서는 최소 300년의 시간이 필요하다. 하지만 마왕의 정수에 담긴 기운이라면 네 스스로 차원의 문을 만들 수가 있단다. 진크스 황제도 그런 방법으로 원래의 차원으로 돌아갔단다."

"진크스 황제도 저와 같은 능력을 가지고 있었던 겁니까? 마왕의 정수를 흡수하기 위해서는 태초의 악마인 크레닌이 만든 고리를 가지고 있어야 하는 것이 아닙니까?"

"그렇지는 않단다. 진크스 황제는 크레닌이 만든 고리를 가지고 있지 않았단다. 하지만 그는 스스로 기운을 흡수할 수 있는 능력을 가지고 있었고, 마왕의 정수를 자신의 능력만으로 흡수할 수 있었단다."

진크스 황제를 본 적은 없었지만 그가 가지고 있는 능력에 소름이 끼쳤다.

나는 마왕의 정수를 흡수하기 위해 스승님과 네르, 그리고 현자님의 도움을 받아야 했다.

하지만 진크스 황제는 자신의 능력만으로 마왕의 정수를 흡수했다.

어쨌든 마왕의 정수를 흡수한 것은 동일하니 질투할 필요는 없지.

"이제 원래의 차원으로 돌아갈 방법을 알려주십시오."

"마왕의 정수에 담긴 기운을 여기에 담거라."

현자는 작은 반지 하나를 나에게 내밀었다.

강대한 기운을 담기에는 너무도 작은 반지였다.

하지만 드래곤이 장담하는 방법이니 틀리지는 않을 것이다.

나는 고리의 기운을 모조리 반지 안으로 쏟아부었다.

마왕의 정수를 흡수한 만큼 엄청난 양의 기운이었지만 반지는 블랙홀처럼 기운을 받아들였다.

"하지 못한 말이 있구나. 이 반지에 기운을 쏟아붓는 순간 내 몸속에 있는 기운은 사라진단다. 물론 모든 기운이 사라지지는 않겠지만 대부분의 기운이 소멸될 것이다. 그래도 괜찮으냐?"

"괜찮습니다. 원래의 세상으로만 돌아갈 수 있다면 모든 기운이 소멸된다고 하더라도 상관없습니다."

고리에서 기운이 빠져나가자 검은색의 고리는 빠르게 힘을 잃어갔고, 검은색에서 다시 보라색으로 돌아갔으며, 다시 노란색의 고리로 변했다.

"이제 충분하구나. 잠시만 기다리거라."

모든 기운을 쏟아내지는 않았다.

노란색의 고리라고는 하지만 인간의 능력을 넘어서는 기운이다.

이 기운을 가지고 한국으로 넘어가면 어떤 일이 생길까?

그런 생각을 하면서 나는 품을 뒤적거렸다.

죽은 듯이 누워 있는 네르가 느껴졌다.

"마왕의 정수를 막기 위해 신수가 큰 도움을 주었단다. 아직 소멸되지는 않았지만, 조만간 생명이 다할 것만 같구나."

왜 진작 네르를 살피지 않았을까.

한국으로 돌아갈 수 있다는 생각에 나를 위해 목숨을 바친 네르를 잊어버렸다.

"어떻게 하면 네르를 다시 살릴 수 있습니까?"

"너에게 생명 유지 아이템이 있다고 알고 있다. 어서 신수에게 생명 유지 아이템을 착용시키거라. 아이템을 이용한다면 신수의 목숨을 유지시킬 수 있단다. 하지만 완전히 회복시키기 위해서는 많은 양의 마기가 필요하다. 네가 있던 세상에서 마기를 구할 방법이 있는지는 모르겠구나."

나는 급히 보관 상자에서 생명 유지 아이템을 꺼내 네르에게 착용시켰다.

아직 죽지는 않았다.

죽지만 않았다면 방법이 생길 것이다.

나는 네르를 다시 고이 안아 들었다.

"이제 차원의 문이 완성되었구나. 동료들에게 마지막 인사를 하고 오거라."

나는 고개를 돌려 뒤를 바라봤다.

거기에서는 스승님과 브로안이 복잡 미묘한 표정으로 나를 바라보고 있었다.

"이제 돌아가야 할 때가 되었습니다. 그동안 감사했습니다."

나는 고개를 숙여 스승님에게 감사의 인사와 마지막 인사를 동시에 전했다.

"고생이 많았구나. 나는 이제 새로운 제자를 찾아다녀야겠다. 쓸 만해지니 스승을 떠나는 못된 제자 말고, 착한 제자를 찾아야겠어."

나를 편하게 하는 스승님의 말에 나는 더욱 고개를 깊숙이
숙였다.

"형님, 꼭 원래의 세상으로 돌아가셔야 합니까? 그냥 여기
서 우리와 함께 살면 안 되나요?"

브로안의 눈물 섞인 말에 나는 그를 안아 주었다.

품에 들어오기에는 너무 덩치가 큰 브로안이었다.

하지만 내 감정을 전해주기에는 충분했고, 브로안은 어깨를
들썩거리기만 했다.

"나 대신 브루니스 왕국을 부탁한다. 너라면 브루니스 역사
상 가장 뛰어난 기사가 될 수 있을 거다. 악마의 탑이 사라지
면 다시 오러가 생겨나겠지만, 너는 오러를 사용하는 기사보
다 더욱 강하니 기사단을 휘어잡을 수 있을 것이야."

내 말에 현자가 말을 덧붙였다.

"악마의 탑이 사라지면 세상에 있던 기운들이 다시 돌아
오긴 하겠지만, 그 속도가 느릴 것일세. 이전처럼 세상에 기
운이 충만해지려면 못해도 100년은 걸릴 것이야."

"100년이 걸린다는 말씀이시죠? 그렇다면 제가 죽기 전까지
는 브루니스 왕국 최고의 기사가 될 수 있겠네요."

브로안은 눈물을 흘리며 웃는 괴기한 얼굴을 하고는 나를
보내줄 준비를 했다.

"그럼 이만 가보겠습니다."

나는 스승님과 브로안의 곁을 떠나 다시 현자에게로 이동했다.

"준비가 되었으면 반지를 착용하거라."

이 반지를 착용하면 이계를 떠나게 된다.

나는 손을 흔들며 반지를 착용했다.

Chapter 9

그리웠던 것들

반지에는 많은 기운이 들어 있었다. 내가 가지고 있는 고리의 기운부터 마왕의 마기, 그리고 드래곤의 자연의 기운까지 세상에 있는 모든 기운이 깃들어 있었다.

나는 반지를 착용하고 현자를 바라봤다.

"어떻게 사용하면 되는 겁니까?"

"가고 싶은 곳을 생각하며 반지의 중앙 부분을 눌러 보거라."

반지는 투박하게 생겼지만 중앙에는 작은 보석이 달려 있었다.

다이아몬드와 비슷하지만 회색 광태를 내는 보석을 눌렀다.

그러자 머릿속에서 많은 장소가 떠올랐다.

이계에서 가장 많은 시간을 보냈던 브루니스 왕궁부터 시작해서 북부에 위치하고 있는 카인트 공작성이 떠올랐고, 그다음은 내가 처음 이계로 넘어왔던 바잔트 영지도 보였다.

조금 지나자 드디어 지구의 모습이 보이기 시작했다.

용광로가 있는 러시아는 여전히 추운 냉기를 뿜고 있었다.

사람의 욕심은 끝이 없었고, 나는 기왕이면 러시아가 아닌 한국으로 가고 싶었다.

러시아에 내리면 나는 국제 미아가 되고 만다.

얼마나 오랜 시간이 지났는지는 모르겠지만 용광로에 빠진 사람이 살아 돌아왔다고는 아무도 생각지 않을 것이고, 나는 스스로의 힘으로 한국으로 돌아가야 하는데 그건 너무도 귀찮은 일이었다.

반지는 내 마음을 알아차렸는지 익숙한 한국의 모습이 보였다.

그리운 우리 집.

복잡하게 붙어 있는 서울의 풍경은 이계에 비해 아름답다고는 할 수 없었지만 나에게는 그리운 고향이었다.

나는 넘어가려고 하는 서울을 붙잡고 놓아주지 않았다.

"어디로 이동할지 정한 것 같구나. 거기로 보내주면 되겠느냐?"

"그렇습니다. 부탁드리겠습니다."

현자의 손에서 강대한 자연의 기운이 흘러나오기 시작했고, 그 기운은 현자의 손을 따라 반지로 스며들기 시작했다.

반지를 작동시키기 위해서는 강대한 기운도 필요하지만 드래곤의 자연의 기운이 필수적이었다.

"이렇게 돌아가면 다시는 보지 못하겠구나. 그동안 고마웠다. 원래의 세상으로 돌아가서는 편히 살도록 하여라."

"저도 감사했습니다."

반지가 흔들리기 시작했다. 드디어 차원 이동이 시작되려고 하는 것이다.

나는 급히 뒤를 돌아봤고, 슬픈 눈망울을 하고 있는 스승님과 브로안에게 마지막으로 고개를 숙여 인사를 했다.

서서히 희미해지는 내 모습에 브로안은 팔이 떨어져 나갈 정도로 거세게 손을 흔들어 회답해 주었고, 스승님은 애써 고개를 돌려 슬픔을 참아내고 있다.

그렇게 나는 이계를 떠났다.

평생 가장 치열하게 살았던 시간이었고, 많은 경험을 한 시간이었다.

하지만 다시는 이런 경험을 하고 싶지 않았다.

몬스터와 악마와의 전쟁으로 지친 마음을 한국으로 돌아가 달래고 싶었다.

한 5년 정도는 아무것도 안 하고 누워서 지내고 싶어.

나는 다짐했다. 한국으로 돌아가면 백수의 끝을 보여주겠다고 말이다.


*       *       *


반지에서 빛이 강하게 나오는 순간 나는 정신을 잃었다.

손에 들린 반지는 차원 이동을 구현하기 위해 모든 기운을 소진했는지 더는 빛이 흘러나오지 않았다. 하지만 모든 능력을 상실한 것은 아니었다.

A급의 아이템답게 새로운 능력이 생겨났다.

야수로 변신할 수 있게 하는 능력이었다.

반지를 다시 착용하자 머릿속에는 수많은 야수들의 모습이 떠올랐고, 그 모든 야수로 변신을 할 수 있게 되었다.

딱히 쓸 일은 없어 보이는데, 그래도 보험으로 착용하고 있자.

그런데 제대로 이동한 건가?

나는 입을 열고 폐로 공기를 한껏 들이마셨다.

서울의 공기는 탁하다. 발전이 더딘 이계에 비하면 오염된 서울의 공기를 마시기 위한 행동이었지만 생각보다 탁하지 않은 공기가 입안으로 들어왔다.

"이거 좀 이상한데. 서울의 공기가 이렇게 깨끗할 리가 없는데."

서울은 낮은 물론이고 밤도 많은 사람들이 바삐 움직인다. 그리고 서울의 야경은 야근하는 직장인들에 의해 어두워지지 않았다.

하지만 지금은 아무런 불빛이 보이지 않는다.

이계에서 보낸 시간과 지구의 시간이 얼마나 차이가 나는지는 모르겠지만 그 시간 동안 야근이 사라졌을 리는 없을 건데.

이곳은 도대체 어디지?

도저히 어딘지 모르겠다.

나는 발을 움직여 이동했다. 일단은 사람을 찾아야 했다.

사람을 만나야 여기가 어딘지 알 수 있었다.

나는 이전에 비하면 약해졌지만 그래도 여전히 강한 기운을 가지고 있는 고리를 활성화시켜 사람의 기운을 찾았다.

멀지 않은 곳에서 사람의 기운이 느껴진다.

미약한 기운. 특별함이 느껴지지 않는 일반인의 기운이었다.

나는 사람의 기운이 느껴지는 방향으로 달렸다.

고리의 기운을 이용해 다리에 있는 문양을 활성화시켜 이동했기에 거리를 순식간에 좁힐 수 있었고, 나는 드디어 사람의 모습을 발견할 수 있었다.

30대 정도로 보이는 남성의 모습이 보인다.

그는 아직 나를 발견하지 못한 듯했고, 나는 고리의 회수해 속도를 늦추었다.

처음 보는 사람이 미친 듯한 속도로 달려오면 당연히 피하게 된다.

나는 최대한 웃는 얼굴을 하며 다가갔다.

"안녕하세요!"

오랜만에 사용하는 한국어다.

한국인처럼 보이는 사람의 입에서 제발 한국어가 나오기를 기도했다.

"누구냐!"

한국어다! 나를 경계하는 모습을 하고 있었지만 그건 중요치 않았다.

사람의 입에서 한국어가 나오자 나는 절로 얼굴에 미소가 지어졌다.

"여기 한국 맞죠? 정말 한국 맞는 거죠?"

"미친놈인가? 하긴 요즘 같은 세상에 미치지 않는 것이 더 신기하겠군. 옷도 이상하네."

나는 그의 말을 듣고 내가 입고 있는 옷을 살폈다.

확실히 이상하게 생각할 수 있는 차림이었다.

마왕의 정수를 흡수하기 위해 기운이 몇 번이나 폭발했기에 옷은 성한 부분보다 구멍이 난 부분이 더 많았다. 그리고 피까지 잔뜩 묻어 있으니 정상적인 옷차림은 아니었다.

나야 이계에서 힘든 전투를 벌이고 와서 이렇다고 하지만, 마주하고 있는 사람도 그렇게 정상적인 모습은 아니었다.

몇 달은 입은 것처럼 먼지가 잔뜩 묻어 있는 옷과 부스스한 머리, 그리고 흙이 묻어 있는 얼굴은 수염이 지저분하게 나 있었다.

TV에서만 봤던 산에 사는 사람인가.

어쨌든 지금 여기가 한국이라는 사실을 한 번 더 확인하고 싶었다.

"죄송한데, 여기가 정말 한국이 맞습니까?"

"꼴을 보아하니 어디서 숨어 지낸 것 같은데. 여기가 당신이 생각하는 한국이 맞아. 몬스터에 의해 모든 것이 부서진 한국이지."

"몬스터요?"

"몬스터도 모르는 눈치군. 머리를 심하게 다쳐서 기억을 잃었나? 몬스터를 어떻게 잊을 수가 있는지 모르겠군. 1년 전에 한국은 물론이고 전 세계에서 몬스터가 튀어나왔지. 산업 시설들이 모조리 파괴되었지. 그 이후 무슨 효과 때문인지는 몰라도 세계는 진기를 비롯한 동력원을 사용할 수 없게 되었지. 조선시대가 다시 돌아온 것이지."

이 사람이 지금 무슨 말을 하고 있는 거지?

한국에 몬스터라니. 전혀 어울리지 않는 조합의 말을 하고 있었다.

나보고 미쳤다고 하더니, 미친 사람은 내가 아니라 눈앞에 있는 사람이었다.

"한국에 몬스터라니요. 도저히 믿기지가 않습니다."

"지금 여기가 어디라고 생각하는가? 영등포라네. 자네가 기억하는 영등포는 어떤 모습이었나?"

"많은 고층 건물과 바삐 움직이는 사람들이 가득한 곳이 영등포 아닙니까."

"그렇지, 그게 영등포의 모습이지. 1년 전의 영등포 말일세. 하지만 지금은 어떤가? 고층 건물이 눈에 들어오나? 아니면 많은 사람들이 보이나? 전부 사라졌네. 몬스터의 공격에 살아남은 생존자가 얼마나 되는지 모르겠지만, 절반 이상의 인구가 사라졌네."

정말 여기가 영등포라는 말인가?

나는 눈에 기운을 밀어 넣어 시야를 넓혔다.

바닥에 떨어져 굴러다니는 표지판 하나가 눈에 들어왔다.

양남 사거리라고 적혀 있는 표지판이었다.

정말 여기가 서울이라는 말인가?

서울은 내가 생각했던 모습이 아니었다. 지옥이 있다면 이런 모습일까?

넋이 빠진 나는 대화를 주고받던 사람이 사라지는 것을 막지 못했고, 그렇게 한참이나 지옥도로 변한 서울을 바라봤다.

"가족들은 무사하겠지?"

이계에서 한국으로 넘어온 가장 큰 이유는 가족 때문이었다.

만약 가족이 사라졌다면 한국으로 넘어온 이유가 없다.

나는 야수의 반지를 매만져 날개가 달린 야수의 모습으로 변해 빠르게 집이 있는 방향으로 날아갔다.

그렇게 한참을 날아가다가 멈출 수밖에 없는 장면을 발견하고 말았다.

4개의 돌로 만든 의자가 중앙을 향해 있는 모습은 이계에서 수천 번은 더 봤었다.

저런 모습을 하고 있는 조형물은 하나뿐이다.

바로 데빌 도어.

한국에서 데빌 도어를 보게 될 줄은 정말 몰랐다.

나는 야수의 모습에서 돌아와 데빌 도어의 앞에 섰다.

데빌 도어 특유의 기운이 느껴진다.

악마의 탑으로 향하는 데빌 도어가 지금 내 앞에 있다.

데빌 도어를 발견한 후 나는 품을 어루만졌다.

나를 구하기 위해 자신의 모든 기운을 사용한 신수 네르를 살리기 위해서는 많은 양의 마기가 필요하다.

나는 무슨 수를 써서라도 네르를 살릴 생각이었다.

악마의 탑만 있다면 네르를 살릴 수 있다.

그랬기에 나는 데빌 도어가 있는 것이 싫지만은 않았다.

그렇다고 좋지도 않지만.

데빌 도어가 정상적으로 작동하는 모습을 확인한 후 나는 다시 야수의 모습으로 변해 집을 향해 날아갔다.

데빌 도어에서 마기의 정수를 구해 네르를 살리는 것도 중요하지만 지금은 가족을 만나고 싶었다.

하늘을 날며 나는 서울의 모습을 확인했다.

내가 기억하는 모습과는 전혀 다른 서울이었지만 그래도 조금은 예전의 모습을 간직하고 있었다.

서울의 랜드마크인 빌딩은 옆으로 누워 있었고, 많은 차들이 도로 위에 버려져 있었다.

그래도 서울이다.

나는 그렇게 서울의 모습을 바라보며 집으로 이동했다.

좋은 집은 아니었지만 아버지의 노력이 가득했던 집은 허름하게 변해 있었다.

데빌 도어가 생겨나기 전, 세계 곳곳에 몬스터들이 창궐했고, 많은 피해를 입었다고 했다.

이제 데빌 도어가 생겨서 몬스터로 인해 입는 피해는 줄어들었지만 부서진 집이 온전하게 돌아갈 수는 없었다.

초인종을 눌렀다.

떵동! 떵동!

전자식이 아닌 종처럼 단순한 구조로 만들어진 초인종이었지만 그래도 집 안의 사람들이 듣기에는 충분한 소리를 내었다.

그리고 나는 드디어 그리운 목소리를 들을 수 있었다.

"누굽니까! 가까이 오면 공격하겠습니다."

아버지의 목소리다. 내가 어찌 이 목소리를 잊을 수 있겠는가.

꿈에서도 잊지 못했던 목소리에 나는 멈추지 않고 흐르는 눈물을 소매로 훔쳐내야만 했다.

"아버지!"

\*　　　\*　　　\*

최진기의 몸이 반지에 의해 희미해지고 있는 순간, 하나의 존재가 악마의 탑 10층에 숨어들어왔다.

태초의 악마이자 마왕의 아버지라고 불린 존재인 크레닌이 그 주인공이다.

그의 모습을 발견한 존재는 아직 없었다.

드래곤은 최진기가 원활하게 차원 이동을 할 수 있게 하기 위해 자신의 기운을 반지에 집중하고 있었다.

그리고 최진기는 지금 반지에 의해 절반 정도 차원 이동을 하고 있었기에 그의 존재를 발견할 수 있는 능력을 가진 존재는 없었다.

크레닌은 드래곤과의 전투에서 패배했었다.

태초의 악마인 자신이 다른 존재에게 패배할 거라고는 전혀 생각하지 않았다. 하지만 드래곤의 숙명을 짊어진 바마부니스를 이길 수가 없었다.

하지만 그는 이대로 마왕의 강림을 포기하고 싶지는 않았다.

이대로 마계로 돌아간다면 미래는 없다.

하지만 다른 차원에서 새롭게 시작한다면 가능성이 생긴다.

크레닌은 최진기가 다른 차원에서 온 사람이라는 사실을 알고 있었고, 그가 차원 이동을 하기를 기다렸다.

점점 몸이 흐려지는 최진기의 주변까지 접근한 크레닌은 찰나의 순간을 노려 최진기가 착용하고 있는 반지에 자신의 기운을 던졌다.

드래곤은 최진기가 차원 이동을 하기 직전에 크레닌의 기운을 감지했지만 막을 수가 없었다.

이미 작동을 시작한 반지의 작동을 멈춘다면 최진기가 위험해진다.

그렇게 크레닌은 이계가 아닌 지구로 이동하게 되었다.

하지만 같은 시간으로 이동하게 된 것은 아니었다.

크레닌은 최진기가 이계로 넘어온 시점에 맞춰 지구로 이동했고, 최진기는 1년 후의 지구로 이동하게 되었다.

드래곤은 그런 사실을 알지 못했지만 최진기가 홀로 크레닌과 싸워야 한다는 사실은 알았다.

"다시 너에게 짐을 안겨 주게 되었구나. 미안하다."

현자로 불렸던 드래곤은 최진기를 걱정했지만 한편으로는 안심했다.

크레닌이 다른 차원으로 넘어간 이상 이계는 악마의 공격에서 안전해졌다.

"이제 돌아가자꾸나."

드래곤은 브로안과 최진기의 스승을 데리고 브루니스 왕국으로 돌아갔고, 그것을 마지막으로 이계에 있던 모든 데빌 도어가 파괴되었다.

Chapter 10

외전 Ⅰ

최진기가 사라진 이계는 다시 이전의 모습으로 돌아왔다.

오러와 마나 그리고 신성력이 돌아왔고, 아이템이 지배하는 세상에서 능력이 지배하는 세상으로 다시 돌아가려고 하고 있었다.

하지만 그런 시대의 흐름을 역행하는 사람이 있다.

브로안.

드래고니안의 뼈를 몸에 가지고 있는 브로안은 오러를 가진 기사보다 강한 육체와 힘을 가지고 있어서 기사단의 단장이 될 수 있었다.

이전이었다면 오러를 사용하지 못하는 사람이 한 국가의 기사단장이 된다는 것을 용납하지 못했겠지만 지금의 시대는 달랐다.

특히 아이템의 영향을 가장 많이 받은 브루니스 왕국은 더욱 그러했다.

하지만 다른 국가에게까지 그런 기대를 걸 수는 없었다.

오러가 돌아오자 기사단을 보유하고 있는 국가들은 기지개를 하기 위해 준비를 했고, 브루니스 왕국을 떠보기 시작했다.

오러가 사라진 시대에서는 절대적인 국력을 가지고 있던 브루니스 왕국이었기에 죽은 듯이 지냈지만 이제는 그럴 필요가 없어졌다고 생각하는 여러 국가들이었다.

"이렇게 초대에 응해 주셔서 감사합니다. 저희가 직접 찾아가야 하는데, 상황이 좋지 않아 초대를 했습니다."

악마와의 전쟁에서 모습을 드러내지 않았던 국가들 중에는 많은 수의 기사단을 보유하고 있는 국가가 있었고, 그들은 자신의 힘을 과신했다.

특히 자이스 왕국이 그러했다.

악마와의 전쟁에서 많은 기사들을 잃은 다른 국가들과는 달리 온전한 기사단을 보유하고 있는 자이스 왕국은, 새로운 제국이 되기 위한 조건을 갖추었다고 스스로 생각하고 있었다.

하지만 강한 기사단을 가지고 있긴 하지만 경제력이 부족했다.

자이스 왕국의 왕과 신하들은 많은 궁리를 했고, 경제적으로 부유한 브루니스 왕국을 끌어안으면 된다는 결론을 내렸다.

"브루니스 왕국이 악마의 시대에는 강했다고는 하지만 오러가 돌아온 지금은 우리 상대가 되지 않습니다. 우리 왕국의 절반의 절반도 되지 않는 영토를 가지고 있는 브루니스 왕국이 지금 자랑할 만한 건 돈밖에 없습니다. 생존을 위해서라면 우리에게 고개를 숙여야 합니다."

이런 결론을 내렸다는 것을 전혀 모르고 초대에 응한 브로안은 생각과는 다른 반응에 어리둥절해하고 있었다.

브로안은 자신과 함께 자이스 왕국의 사신으로 온 에크를 바라봤다.

에크는 경매장의 총책임자에서 북부에 새로 생긴 상단의 총책임자로 승급되었고, 자이스 왕국의 요청에 따라 많은 물자를 싣고 방문했다.

브로안은 이 상단의 안전을 위해서 따라나선 것이었다.

주된 교섭과 협상은 에크의 몫이었다.

경매장을 실질적으로 운영하면서 많은 사람을 만난 에크는 사람의 눈만 봐도 무슨 생각을 하고 있는지 읽을 정도로 눈치가 빨랐다.

"브로안 기사단장님, 우리 생각과는 전혀 다른 생각을 하고 있는 것 같습니다."

"무슨 말이야?"

"지금 우리를 무시하고 있습니다. 많은 수의 기사단을 보유하고 있다고는 들었지만 이렇게 대놓고 우리를 무시할 줄은 몰랐습니다."

보통 사신으로서 파견 나온 사람에게는 예의를 차리는 것이 보통이었다.

하지만 자이스 왕국의 왕과 대신들은 브루니스 왕국의 사신단을 비웃고 있었다.

오러를 사용하지 못하는 기사인 브로안, 그리고 자이스 왕국에 비해 작은 영토를 가진 브루니스 왕국을 업신여기고 있는 것이다.

악마의 침공 당시 브루니스 왕국이 자신들의 저력을 보여주었지만 시간이 얼마 흐르지도 않은 지금 다시금 브루니스 왕국을 만만하게 생각하고 있었다.

에크는 브로안의 옷깃을 잡으며 그의 흥분을 가라앉혔다.

"제가 먼저 나서겠습니다."

"무시를 받고 가만히 있으란 말이야?"

"지금은 그러셔야 합니다. 하지만 조만간 브로안 님의 힘을 보여줄 시간이 있을 겁니다."

브로안은 붉어진 얼굴만큼이나 뜨거워진 가슴을 억지로 진정시키며 한 걸음 뒤로 물러났다.

"이렇게 우리를 환영해 주셔서 감사합니다. 우리 상단은 자이스 왕국이 주문한 모든 물자를 가지고 왔습니다. 수량을 확인해 보시겠습니까?"

"아닐세. 맞게 가져왔겠지. 우리와 전쟁을 할 생각이 아니라면 물건을 속이는 그런 짓거리를 할 리가 없지 않은가. 그래, 물건을 가져오느라 수고했다. 연회를 준비하고 싶긴 하지만, 우리 왕국은 연회를 자제하는 분위기라서 아쉽게 되었군. 그래도 자네들이 하룻밤 지낼 만한 방은 준비해 뒀으니 편히 쉬게나."

무시도 이런 무시가 없었다.

연회를 자제한다는 말은 급이 되지 않는 사람에게 연회를 열어 주지 않는다는 뜻이었고, 브루니스 왕국의 기사단장인 브로안을 무시하는 발언이었다.

축객령과 다름없는 말을 들으며 배정받은 방으로 들어가는 브로안과 에크, 그리고 상단 사람들이었다.

"이게 우리를 위해 준비한 방이야? 참 웃기네. 하급 귀족 저택을 방문해도 이것보다는 좋은 방을 제공해 줄 거야."

"마치 하녀들이나 쓸 법한 방입니다."

"계속 참아야 되는 거냐? 아무리 상단행이 중요하다고는 하지만 우리 왕국이 무시받을 필요까지는 없어 보이는데."

"일단은 첫 만남이었기에 조용히 보냈습니다. 아직 자이스 왕국의 의도를 정확히 파악하지 못해 브로안 님을 막았지만, 이제는 자이스 왕국의 의도를 파악했습니다."

"의도가 뭐지?"

"방으로 돌아오기 전 저는 자이스 왕국의 사람을 만나 대금 지불에 관한 얘기를 나누었습니다. 보통 대량으로 주문할 경우 선금 일부와 잔금으로써 채권이나 다른 물품을 맡깁니다. 하지만 자이스 왕국은 선금은 물론이고 잔금을 지불할 생각이 전혀 없었습니다. 채권을 발행할 의사도 없었습니다."

"뭐야? 그러면 물건만 받고 떼어먹겠다는 의도잖아. 이거 나라가 아니라 깡패 소굴이구만. 그래서 어떻게 할 거야? 이대로 호구가 될 생각이야?"

"아닙니다. 이대로 돌아간다면 다른 왕국들도 우리 왕국을 무시할 게 분명합니다. 우리가 많은 왕국의 채권을 가지고 있긴 하지만, 채권의 힘을 사용하려면 우리 왕국이 건재하다는 사실을 알려야 합니다. 그러니 이번 일을 통해 우리 왕국이 건재하다는 사실을 다른 왕국에게 알려야 합니다."

"드디어 듣고 싶은 말을 하는군. 그래, 여기서 난장판을 부리면 되는 거지?"

"그래도 브루니스 왕국의 간판이나 다름없는 브로안 기사단장님이 뒷골목 깡패처럼 드잡이질을 할 수는 없지 않습니까. 조금만 기다리면 자이스 왕국에서 알아서 기회를 만들어 올 겁니다."

에크의 말이 끝난 지 얼마 되지도 않아 그 기회가 찾아왔다.

형식상의 노크라고 볼 수도 없는 무성의한 노크와 함께 자이스 왕국의 기사단이 브로안의 방을 방문했다.

"브루니스 왕국의 기사단장이라고 들었는데, 실력이나 구경합시다. 악마의 시대 때 아이템빨로 기사단장에 오른 사람의 실력이 얼마나 되는지 확인하고 싶은데. 나도 악마의 전쟁에 참전하고 싶었는데, 우리 왕국의 사정이 좋지 않아서 말이지. 만약 우리 왕국의 기사단이 출전했다면 악마의 군대를 단숨에 쓸어버렸을 텐데 말이야."

브로안의 속을 박박 긁는 소리를 해대는 자이스 왕국의 기사단이었다.

기사단장도 아닌 기사단의 일원이 와서 할 소리는 절대 아니었다.

그도 상부의 지시에 따라 이런 짓을 저지르는 것이 분명했다.

"기사라면 서로 돕고 살아야지. 악마와 비교해서 얼마나 차이가 나는지 알려주겠네."

"그게 가능할까? 오러를 사용하지도 못하는 사람과 손을 섞고 싶은 마음은 없지만 그래도 내가 선심을 써야지. 그러면 따라오시지."

자이스 왕국의 기사를 따라 브로안은 홀로 자이스 왕국 기사단의 전용 수련장으로 이동했다.

거기에서는 이미 기사단 전원이 모여 브로안을 기다리고 있었다.

세간을 떠들썩하게 했던 브로안의 얼굴을 보고 싶어서이기도 했고, 자신들의 실력이 브로안에 비해 떨어지지 않는다는 자심감이 있었던 까닭이다.

"기사단장님이 직접 상대하시겠습니까?"

한참이나 브로안을 보며 자기만족을 느끼던 자이스 왕국의 기사단에서 나온 첫마디였다.

"내가? 오러도 사용하지 못하는 사람을 기사라고 할 수 있을까? 그래도 과거의 업적이 있으니 인정한다만, 내가 나서면 너무 당연한 결과가 나올 것 같은데. 이번에 새로 들어온 신입 기사를 내보내라."

"알겠습니다."

자이스 왕국의 신입 기사는 이제 갓 20살이 넘은 청년이었다.

물론 기사가 되기 위해서는 오러를 사용할 수 있어야 했는데, 어린 나이에 오러를 사용할 수 있다는 것은 재질이 뛰어나다는 뜻이었지만 한 국가의 기사단장을 상대로 신입 기사를 내보내 대련을 신청하는 건 말도 안 되는 처사였다.

"뵙게 되어 영광입니다. 저는 자이스 왕국의 기사 패릭스입니다."

아직 자이스 왕국 기사단의 때가 덜 탄 패릭스는 말로만 듣던 브로안의 모습을 직접 보게 되자 기쁜 마음을 숨기지 못했다.

그런 그의 모습이 자이스 왕국 기사단의 심기를 건드렸다.

"기사단이 그렇게 말이 많아서야……. 너는 대련이 끝나면 내가 직접 수련을 시켜 주겠다. 잔말 말고 어서 대련이나 시작해라."

기사단장의 말에 얼굴이 새파랗게 질린 패릭스에게 브로안이 괜찮다는 표정을 지으며 말했다.

"어린 기사여, 지금의 마음을 끝까지 가지고 있거라. 선배들이라고 해서 모두 옳은 것은 아니다. 자신의 신념을 가지고 행동한다면 좋은 기사로 성장할 수 있을 거다. 그리고 오늘 나와의 전투에서 많은 것을 배우도록 하거라."

브로안의 말이 끝나자 2명의 기사는 자신의 무기를 꺼내 들었다.

패릭스는 기사로 임명되면서 받은 검을 꺼내 들었고, 브로안은 자신의 수족이나 다름없는 방패를 들고 대련을 준비했다.

"전력을 다하겠습니다."

브로안이 오러를 사용하지 못하는 유일한 기사라는 사실을 패릭스도 알고 있었다.

하지만 자신의 영웅인 브로안에게 최선을 다하지 않는다는 것은 실례였기에 그는 처음부터 검에 오러를 실었다.

"최선을 다해 공격해 보거라."

패릭스의 검에 깃든 오러가 빛을 내며 브로안을 향해 날아왔다.

빠른 속도와 강한 힘이 실린 공격은, 신입 기사치고는 나쁘지 않은 것이었다.

하지만 브로안에게는 통하지 않는 공격이었다.

악마와의 전쟁에 참전하지 않고 말로만 전쟁을 전해 들은 자이스 왕국의 기사단이었기에 브로안을 무시하고 있었다.

오러를 사용할 수 있는 기사라 할지라도 악마 하나 상대하기가 버거웠다.

아니, 보스급 몬스터도 상대하기 벅찼다.

하지만 브로안은 보스급 몬스터를 장난감처럼 가지고 놀았고, 최상위권 악마들을 상대로 방패 하나로 버틴 사내였다.

당연히 패릭스의 공격은 브로안의 방패를 뚫지 못했다.

브로안의 방패는 피해 반사 능력이 있어서 패릭스는 자신의 공격을 방어해야 했다.

철벽에 가로막힌 기분일까?

패릭스는 자신의 공격이 전혀 통하지 않는다는 것을 깨달음과 동시에 브로안의 명성이 허언이 아니라는 사실을 알게 되었다.

"패배했습니다. 감사합니다."

검만 겨우 들고 있을 힘이 남은 패릭스는 기사단의 규율에 맞게 패배를 선언했지만 다른 기사단은 패릭스가 브로안을 봐주었다는 기분이 들었다.

신나게 공격하는 쪽은 패릭스였고, 브로안은 방패에 몸을 숨긴 거북이라고만 생각했기 때문이다.

"멍청한 놈. 이만 돌아와라. 기사단은 자비심을 가져서는 안 된다. 네가 베푼 그 자비심이 네 심장을 찌를 것이다. 어린 신입 기사는 허울뿐인 이름을 넘지 못했구나. 다음으로 누가 나서겠는가?"

브로안의 명성은 어떤 기사보다 높았다.

그의 명성을 가질 기회를 놓치고 싶어 하는 기사는 없었기에 서로 자신이 상대하겠다고 나서고 있었다.

"그러지 말고, 기사단 전체가 덤비지 그래. 시간이 아까워서 말이지. 너희들 전부가 공격한다고 한들 나를 이길 수 있을 것 같지도 않고 말이야."

"지금 뭐라고 했는가? 우리 자이스 왕국의 기사단을 무시한 것이냐? 오러도 사용하지 못하는 기사에게 모욕을 당할 기사단이 아니다!"

자신이 브로안에게 지금까지 어떤 수모를 주었는지 전혀 기억하지 못하는 자이스 기사단장이었다.

"그래, 좋다. 그렇게 자신이 있어 하니, 따라 주겠다. 선임 기사 10명은 앞으로 나가 자이스 왕국 기사단의 강함을 입증해라."

"자이스 왕국의 기사단이여, 영원하라!"

기사단의 구호를 외치며 선임 기사 10명이 브로안의 앞으로 걸어 나왔다.

이미 그들의 무기에는 오러가 가득 실려 있었다. 그들은 당장이라도 브로안을 죽일 듯이 쳐다보고 있었다.

"그렇게 쳐다보기만 할 건가? 나는 이미 준비를 마쳤는데. 어서 오라고."

브로안은 기사단장이 된 이후, 말투에 예의를 갖추려는 생각으로 그의 부인에게 특별 강의를 듣기도 했다.

하지만 지금 상황에서는 예의를 따지고 싶지 않았다.

자신에게 예의를 차리는 사람이라면 모르겠지만, 동네 불량배보다 더 질이 떨어지는 사람들에게 생각하며 말을 뱉고 싶은 마음은 전혀 없었다.

"다들 공격해라!"

자이스 기사단장의 말에 선임 기사 10명은 브로안의 사방을 점하며 공격해 들어갔다.

사방으로 공격해 들어오는 그들의 공격은 절도가 있었다.

오랜 연습의 결과가 있기에 이런 움직임이 가능한 것이었다.

하지만 브로안은 그렇게 생각하지 않았다.

"오러를 사용하는 기사단의 공격이 고작 이것밖에 안 되는가?"

브로안은 기합과 동시에 방패를 가볍게 한 바퀴 돌렸고, 선임 기사 10명은 방패에 실린 힘을 감당하지 못하고 나뒹굴었다.

오러를 사용한다는 것은 단순히 공격력을 올려주는 것이 아니었다.

오러는 신체에 자연스럽게 깃들게 되며, 방어력은 물론이고 유연성, 신체 밸런스까지 높여 준다.

하지만 그런 능력은 브로안의 방패에 무너졌다.

"이게 끝인가? 내가 말했잖아, 기사단 전체가 달려들어도 안 된다고."

"방패의 능력이 너의 능력이지 않은가!"

자이스 왕국의 기사단장은 지금의 상황이 믿기지가 않았지만 이해하려고 노력했고, 브로안이 가지고 있는 방패의 능력이 뛰어나다고 생각했다.

그것 말고는 지금의 상황을 설명할 수가 없었다.

"좋은 무기를 가지고 있는 것도 기사의 능력이라면 능력이지 않은가?"

"헛소리하지 마라. 기사는 오러를 갈고닦아 성장하는 존재다. 너처럼 무기에 의존하는 사람이 기사로 불릴 자격은 없다."

"기사의 자격을 네가 부여하는 건 아니지 않나? 어쨌든 무기 때문에 나를 이기지 못한다고 생각하는 거지? 좋다."

브로안은 자신의 방패를 수련장 한구석에다 던졌다.

"방패를 사용하지 않고 너와 상대해 주마. 왜, 겁이 나는가? 한 나라의 기사단장이라는 사람이 오러를 사용하지도 못하는 사람과, 그것도 무기도 사용하지 않는 사람과 대련할 자신이 없나 보군."

"내가 언제 너와의 전투를 피했다는 건가. 좋다, 상대해 주마. 오러를 사용하는 기사의 무서움을 똑똑히 알려 주마!"

자이스 왕국의 기사단장인 마크스는 무기를 들고 있지 않은 브로안에게 자신이 할 수 있는 최고의 공격을 가할 생각이었다.

오러는 물론이고, 무기까지 사용하지 않는 브로안이었지만, 선임 기사 10명을 상대로 보여준 그의 힘이 두려웠다.

그리고 그의 명성이 주는 무게감을 다시금 느끼게 되었기에, 여유를 부릴 생각을 하지 못하고 바로 공격해 들어갔다.

기사단장의 직책을 입으로 딴 것은 아닌지 마크스의 오러는 다른 기사단에 비해 강하고 크기도 컸다.

그의 검이 브로안의 상체에 근접할 때까지 브로안은 움직이지 않았다.

'미처 반응하지 못하는 건가? 역시 허울뿐인 명성이었군. 아이템을 가지고 있지 않으면 기사의 상대가 될 수가 없지.'

사라졌던 미소를 지으며 마크스는 검을 잡고 있는 손에 더욱 힘을 실었다.

하지만 그의 공격은 더 나아가지 못하고 멈추었다.

브로안의 상체를 가르지 못한 것은 물론, 공기조차 가르지 못하고 멈추어 버린 것이다.

마크스의 손목은 브로안의 손에 잡혀 움직이지 못했다.

"이거 놓아라."

"왜? 오러를 사용하지 못하는 사람의 손길도 뿌리칠 방법이 없나 보지? 그렇다고 인정하면 풀어주고."

"뭐라고! 내가 이따위를 풀지 못할 것 같으냐!"

"응!"

마크스는 검에 실린 오러를 손목으로 돌리며 브로안의 손아귀에서 벗어나려고 했지만 그러면 그럴수록 손목에 가해지는 압박은 강해졌다.

지금의 상황이 도저히 이해가 가지 않았다.

오러를 사용하지 못하는 사람은 당연히 오러를 사용하는 기사에 비해 약한 힘을 가질 수밖에 없다. 그게 정상이었고, 그렇게만 배워왔다.

"다른 아이템을 착용하고 있는 것이 아니냐! 치사하다. 아이템을 사용하지 않겠다고 약속하지 않았느냐!"

마크스가 찾은 핑계는 이번에도 아이템이었다.

물론 브로안은 아이템 수집을 광적으로 좋아했고, 많은 아이템을 착용하고 있었다.

하지만 지금은 그 어떤 아이템의 도움을 받지 않고 마크스의 공격을 막아 내었다.

"이거 참 난감하네. 좋아, 내가 다른 아이템을 착용하지 않고 있다는 것을 증명해 주지."

브로안은 주섬주섬 입고 있던 갑옷과 장신구들을 해체했다.

"속옷도 벗어 줘야 믿겠어? 이 정도면 충분하지? 다 벗으라면 벗어 주고."

브로안은 속옷만 입고 있었기에 마크스는 핑계를 댈 수 없는 상황이 되었다.

"죽어라! 과거의 영광이 너를 지켜주지 못할 것이다!"

마크스는 자신의 모든 오러를 검에 실어 브로안을 공격했다.

브로안은 마크스의 공격을 피하지 않고 두 팔을 벌려 그의 공격을 막을 준비를 했다.

드래고니안의 뼈는 웬만한 아이템보다 높은 강도를 가지고 있었고, 최진기가 브로안의 뼈 모든 마디마디에 문양을 각인시켜 두었기에 브로안의 육체는 병기였다.

오러가 실린 검이라고는 하지만 겨우 상급 오러 유저인 마크스의 공격이 브로안의 뼈를 뚫을 수는 없었다.

"이게 끝인가? 그래도 내 몸에서 피가 흐르게 한 사람은 오랜만이네."

마크스의 검은 브로안의 팔목에 막혔다. 약간의 살을 찢은 것이 전부였다.

"어떻게 이런 일이!"

"과거의 영광이 나를 지켜주지 못할 거라고 말했었지? 그 말을 그대로 돌려주마. 오러가 최고라는 과거의 환상에 가로막혀 있는 네 생각이 너의 발전을 가로막을 것이다. 한 나라의 기사단장이 과거에 사로잡혀 아집을 부리다니. 너는 기사단장이 될 자격이 없어 보인다. 그리고 자이스 왕국이 우리에게 보인 반응을 기억하겠다. 우리 사신단이 왕국으로 돌아가는 것을 막아야 할 것이다. 그러지 않으면 자이스 왕국은 제국의 발자취를 따라갈 것이다."

이계에 있던 모든 제국이 멸망했는데, 자이스 왕국도 멸망할 것이라고 말하는 브로안이었다.

전쟁이다.

선전포고나 다름없는 브로안의 말에 마크스의 심장은 거칠게 뛰기 시작했다.

자이스 왕국은 전쟁을 경험해 보지 못했다.

강한 기사단을 보유하고 있기에 강해졌다고 착각하고 있는 그들이었다.

하지만 그들은 모르고 있었다.

악마의 시대에서 브루니스 왕국이 얼마나 강해졌고, 어떤 힘을 보유하고 있는지.

자이스 왕국은 악마와의 전쟁에서 숨어 지냈지만 마크스는 자이스 왕국을 사랑했다.

애국심이 생기기에는 부족한 환경이었지만 자신의 군주이자 자신의 가문이 평생을 모셨던 자이스 왕국 국왕의 안전이 걱정되었다.

브로안의 말처럼 자이스 왕국의 기사단 전부가 달려들어도 브로안을 상대할 수 없을지도 몰랐다.

오러가 실린 검이 통하지 않는 상대를 무슨 수로 제압하겠는가.

"우리는… 브루니스 왕국을 무시한 적이 없다. 그럴 의도가 아니었다. 전부 오해였다."

마크스는 다급한 마음에 마음에도 없는 소리를 했지만 브로안은 표정 하나 바꾸지 않고 자이스 왕국의 종말을 말했다.

"자이스 왕국을 사라지게 해주마. 그 선봉에는 내가 있을 것이다. 우리를 막기 위해 모든 노력을 다해 보거라. 그러나 그 노력은 수포로 돌아갈 것이다."

브로안은 자신의 말을 마치고는 숙소로 돌아갔고, 에크는 지금의 상황을 예상이라도 하고 있었던지 사신단과 상단의 인원을 모두 모아 두었다.

"사고를 치고 왔다."

머리를 긁적이며 말하는 브로안을 향해 괜찮다는 미소를 지어 보이는 에크였다.

"예상하고 있었습니다. 브로안 님의 성격을 잘 알고 있는 제가 왜 막지 않았겠습니까. 잘하셨습니다."

"그런데 정말 전쟁을 벌여야 하는 걸까? 전쟁을 두려워하는 건 아니지만, 이제 겨우 평화의 시간이 왔는데, 이 일을 형님이 아신다면 실망하지 않을까?"

브로안은 최진기를 생각했다.

이계의 평화를 위해 온갖 수단을 다 사용한 최진기를 생각해서라도 전쟁을 시작하는 건 옳지 않았다.

하지만 이대로 브루니스 왕국이 무시를 당하는 건 눈 뜨고 볼 수가 없었기에 선전포고나 다름없는 말을 뱉고 왔다.

그게 걱정이 되는 브로안이었다.

자신이 한 일에 후회는 없었지만 앞으로 있을 피의 전쟁이 걱정되었다.

"전쟁은 없을 겁니다, 브로안 님. 확신할 수 있습니다."

"직접 보지 못해서 그런 말을 할 수 있겠지. 내가 자이스 왕국의 기사단장에게 선전포고나 다름없는 말을 했어. 아니지, 그보다 더 심한 말을 했다. 자이스 왕국을 멸망시키겠다고 말했는데, 전쟁이 일어나지 않을 리가 없다."

"저는 그렇게 생각하지 않습니다. 자이스 왕국은 악마와의 전쟁을 두려워해 숨어서 기회를 엿보았던 국가입니다. 그런 그들이 전쟁을 할까요? 브로안 님이 자이스 왕국의 기사단에게 보인 힘으로 인해 자이스 왕국은 겁을 집어먹었습니다. 기사단이 브로안 님 하나를 막을 수 없다는 보고를 받았으니, 자이스 왕국의 국왕과 귀족들은 우리에게 고개를 숙이고 사과할 것입니다."

"정말 그렇게 생각하는가? 아무리 겁이 많은 국가라고 해도 국가의 멸망을 입에 담은 사람에게 사과를 하겠는가?"

"제 말을 확인하고 싶으시면 사신단과 상단을 이끌고 왕궁을 벗어나 보십시오. 우리가 왕궁을 빠져나가기 전에 자이스 왕국에서 우리를 붙잡고 사과할 겁니다."

브로안은 에크의 말에 동의할 수는 없었지만 이대로 자이스 왕궁에서 시간을 보낼 수는 없었기에 일행들을 이끌고 왕궁을 벗어나기 위해 움직였다.

"저기를 보십시오. 헐레벌떡 뛰어오는 기사단과 귀족들의 모습이 보이십니까?"

에크보다 시야가 더 넓은 브로안이 보지 못했을 리 없었다.

브로안은 에크의 말처럼 다급히 자신을 향해 뛰어오는 많은 사람들의 모습을 봤다.

"우리에게 사과를 하기 위해 오는 것일까? 기사단까지 대동한 것으로 보아, 우리가 왕궁을 빠져나가지 못하게 막으려고 하는 것일 수도 있지 않은가."

"지켜보면 알게 되겠지요."

에크의 조언에 따라 일행의 걸음을 멈추지 않고 정문을 향해 계속 걸어 나갔고, 자이스 왕국의 기사단과 귀족들은 걸음을 재촉하며 브로안 일행을 붙잡았다.

"이대로 가시면 안 됩니다. 전부 오해에서 비롯된 일입니다.

지금은 서로의 오해를 풀 대화가 필요합니다."

멀리서 소리치는 자이스 왕국 귀족의 말에 브로안은 에크를 쳐다봤다.

"지금은 조금 강하게 나갈 필요가 있습니다. 먼저 손을 내밀기는 했지만 한 번에 덥석 잡아 주면 우리를 쉽게 생각할 것입니다."

브로안은 에크의 조언에 따라 소리쳤다.

"오해? 우리가 직접 듣고 몸으로 확인한 것을 오해라고 하는 것인가? 면전에 대고 한 말을 곡해할 정도로 우리를 멍청이로 생각하는 건가? 우리는 귀가 있고, 생각할 수 있는 머리가 있다. 오해라는 말을 너무 쉽게 하지 마라!"

감정이 다분히 섞인 외침에 자이스 왕국의 귀족은 더욱 다급하게 소리쳤다.

"일단 멈추고 대화해 주시기 바랍니다. 우리의 진심을 알아주시기 바랍니다."

귀족의 말에 브로안 일행은 발을 멈추었다.

"정말 사과를 하려고 오는군. 자신들의 국가의 힘을 얼마나 형편없게 생각하면 이런 반응을 보이는 거지."

"자신의 분수를 정확히 알고 있는 것이라고 생각하시면 편하지 않겠습니까. 저들은 정확히 모르고 있겠지만, 만약 전쟁이 벌어진다면 자이스 왕국은 한 달도 버티지 못하고 잿더미로 변합니다. 브로안 님이 실력을 보여 주신 덕분에 멸망을 면하게 되었으니 자이스 왕국은 브로안 님을 생명의 은인으로 생각해야 될 것입니다."

"그렇게 되는 건가? 그러면 나도 더 당당하게 저들을 만나야겠군."

자이스 왕국의 기사단과 귀족들은 쉬지 않고 달려왔다. 귀족 중 나이가 꽤 있어 보이는 이가 브로안의 옷깃을 잡았다.

"이대로 가시면 안 됩니다. 대화가 필요합니다. 여기서 대화를 하기는 그러니, 왕궁으로 돌아가 대화를 나누고 싶습니다."

"왕궁으로 다시 돌아가기는 싫습니다. 이미 뱉은 말이 있고, 왕궁에 어떤 위험이 도사리고 있을지 모르는 상황에서 왕궁으로 가는 건 멍청이나 하는 짓이지요."

"그렇다면 근처에 제 별장이 하나 있으니 거기로 가서 얘기를 나누는 것이 어떻겠습니까. 걸어서 10분이면 도착할 수 있는 곳입니다."

"거기라면 가도 괜찮겠지요."

왕궁 안에 별장을 가지고 있을 수 있는 사람이 얼마나 될까?

높은 땅값은 물론이고, 왕궁이 있는 수도의 땅을 살 수 있는 사람은 많지 않았다.

왕국에 자택이 아닌 별장을 짓는 것은 권력의 중심에 있는 사람이어야만 가능했지만 브로안을 붙잡은 귀족은 자이스 왕국 권력의 중심에 있는 사람이었다.

대법관 카트니스.

현재 자이스 왕국 국왕의 스승이자 자이스 왕국의 정신적 지주인 사람이 카트니스였다.

그는 자이스 왕국에서 왕족을 제외한, 아니 국왕을 제외한 인물 중 가장 높은 권력을 가지고 있었다.

왕족이라고 하더라도 카트니스에게 명령할 수 없었고, 되레 그에게 잘못 보이기라도 하는 순간 누리던 권력을 빼앗길 수도 있었다.

그런 카트니스가 지금은 두 손을 열심히 비비며 브로안의 마음을 돌리려고 노력을 하고 있었다.

"우리 자이스 왕국은 워낙 호전적인 성향을 가지고 있습니다. 말을 거칠게 하기도 하고, 마음에도 없는 말을 자주 하곤 합니다. 그런 우리 왕국의 성향을 고려해 주시어 이번의 무례를 용서해 주시기 바랍니다."

자신보다 훨씬 나이가 많은 사람이 하는 말이었지만 브로안의 귀에는 제대로 들어오지 않았다.

핑계와 거짓으로 일관된 말을 듣고 있으려니 귀가 더러워지는 것 같은 기분까지 들었다.

"그런 말을 들으려고 여기로 온 것이 아닙니다. 우리는 자이스 왕국의 요청에 따라 많은 물자를 시중의 가격보다 싸게 가지고 왔습니다. 우리는 자이스 왕국과의 교류를 위해 손해를 보면서까지 물자를 운반해 왔는데, 자이스 왕국은 우리를 마치 속국처럼 생각하고 있는 듯 보이더군요. 우리는 그런 대우를 받으면서까지 자이스 왕국과 교류를 할 생각은 없습니다. 그래도 대법관님이 직접 사과를 하시니 전하께 무례에 대한 보고는 하지 않겠습니다, 하지만 더는 우리 왕국과의 교류는 생각지 마시기 바랍니다."

"그게 무슨 말씀이십니까. 우리는 브루니스 왕국과의 교류를 원하고 있습니다."

"원한다고요? 다른 귀족들과 자이스 왕국의 왕은 그렇게 생각하지 않는 것 같았습니다. 의미 없는 말은 더 이상 하지 마시고, 돌아가시기 바랍니다."

"어떻게 하면 용서해 주실 수 있겠습니까? 제발 방법을 알려 주시기 바랍니다."

대법관 카트니스가 이처럼 애걸하는 이유가 있었다.

현재 자이스 왕국은 영토는 넓었지만 전반적으로 시설이 부족했다.

농작지도 부족했으며, 군대를 만들 자원도 부족했다.

강한 기사단을 가지고 있는 것을 제외하면 모든 것이 부족했다.

그 부족한 물량을 브루니스 왕국을 속국으로 삼아 채우려고 했다.

하지만 브루니스 왕국은 그의 생각보다 강했다. 한 명에게 기사단이 유린을 당했다.

그에 만만하게 생각했던 브루니스 왕국의 저력이 무서워진 것이다.

하지만 두렵다고 해서 브루니스 왕국과의 관계를 단절할 수는 없었다.

브루니스 왕국이 없다면 많은 물자를 공급받을 방법이 없는 것이었다.

제대로 된 특산물이 있는 것도 아니었고, 상단도 마땅히 없었기에 자이스 왕국은 기사단을 이용해 교섭하는 것이 전부였다.

하지만 기사단을 필요로 하는 국가는 없다.

만약 지금이 전쟁의 시대였다면 기사단을 필요로 하는 국가가 많았겠지만, 지금은 평화의 시대였다.

자국의 발전을 위해 박차를 가하는 시간이었다.

지금 도태되어 버리면 10년 후에는 격차가 더 벌어지게 된다.

카트니스는 그런 상황을 예측할 수 있었기에 브로안에게 애걸을 하고 있었다.

"더는 대화를 나누고 싶지 않습니다. 저는 이만 돌아가 보겠습니다."

브로안은 자리에서 일어나 일행이 있는 곳으로 돌아갔고, 카트니스는 그를 잡기 위해 노력했지만 기사단도 막지 못한 그의 발걸음을 나이가 지긋한 그가 막을 수 있을 리 없었다.

"이대로 끝나는 것인가. 어찌하면 좋단 말인가."

그의 외침에 대답을 해준 것은 신이 아니라 에크였다.

"저에게 방법이 있습니다. 저는 이번 상단의 책임자인 에크라고 합니다."

"방법이 있다니, 무슨 말인가?"

"저는 상단의 책임자이면서 브로안 님의 최측근에 있는 사람입니다. 지금은 브로안 님이 화가 많이 나셔서 대화가 통하지 않지만, 제가 설득한다면 자이스 왕국과 교류를 하지 않겠다고 선언한 것을 돌릴 수 있습니다."

"그렇게 해줄 수 있단 말인가? 그럼 제발 부탁하네."

"그런데 거래를 하려면 서로 오가는 것이 있어야 하지 않겠습니까. 저는 이번 상단의 책임자이며 상인입니다. 손해를 보면서까지 투자하는 것을 마다하지 않지만, 투자 대비 돌아오는 이득이 없는 곳에 투자를 하고 싶지는 않습니다."

"이번 상행의 대금이라면 무슨 일이 있더라도 지불을 하겠네. 선금으로 내가 가지고 있는 이 별장을 내놓겠네."

"이 별장이 얼마나 하는지는 모르겠지만, 대금의 1/10도 되지 않습니다."

"그럼 어떻게 해주면 되겠는가?"

"현재 자이스 왕국의 자금 사정이 좋지 않다는 것은 저도 잘 알고 있습니다. 대금을 지불할 능력은 물론이고, 군대를 확장할 돈도 부족하다는 걸 알고 있습니다. 그런 자이스 왕국의 사정을 알고 있어서, 지금 당장 대금을 지불해 달라고 하는 것도 무리인 걸 알고 있습니다."

"그렇다네. 돈이 아닌 다른 것으로 대체할 수 있다면 모두 해주겠네."

"자이스 왕국에서 나오는 특산물은 무엇입니까? 저는 피로를 회복시켜 주는 카나드 나무가 전부라고 알고 있습니다. 효능이 그렇게 뛰어난 것도 아니기에 일반 약재와 비슷한 가격으로 팔려 나가고 있다고 알고 있는데, 혹시 다른 특산물이 있습니까?"

"그게……."

딱히 할 말이 없을 수밖에 없었다. 다른 특산물이 자이스 왕국에 있을 리가 없었다.

"그렇다면 땅으로 받겠습니다. 저도 자이스 왕국의 사정을 알고 있어서 많이 요구할 수는 없으나, 그래도 생색내기용이라도 받아야 하지 않겠습니까. 그래야 브로안 님과 브루니스 왕국의 대신들과 전하께서도 이해하지 않겠습니까."

"땅을 말인가? 하지만… 땅은……."

땅은 모든 국가의 생명이자 성장의 밑거름이었다.

넓은 영토가 있어야만 무엇이든지 할 수 있었기에 당연히 땅을 거래하는 것을 꺼렸다.

"물론 중요한 곳을 받을 생각은 없습니다. 제가 말씀드리지 않았습니까. 생색내기용으로도 충분하다고 말입니다. 현재 자이스 왕국의 남부 지방에 버려진 땅이 있는 것으로 알고 있습니다. 온통 더러운 흙색의 물로 더럽혀진 그곳에서는 어떤 농작물도 자라지 못하고, 역한 냄새가 진동하고 있다고 알고 있습니다."

"마안 지역의 땅을 말하는 겐가?"

"그렇습니다. 그 땅은 자이스 왕국의 입장에서도 이미 버린 것이지 않습니까. 현재 마안 지역이 자이스 왕국에 속해 있다는 사실을 모르는 사람들도 있을 지경이지 않습니까."

"마안 지역이라면 가능하네. 정말 그 땅이면 충분하겠는가? 가치가 하나도 없는 땅으로 대금을 지불한다면야 우리는 응하겠지만, 정말 그 땅을 받고 다른 말이 나오지 않게 할 수 있겠는가?"

"그렇습니다. 저는 나름 전하와 여러 대신들에게 인정을 받고 있습니다. 제가 협상을 했다고 하면 넘어가 주실 겁니다."

"고맙네. 언제 다시 자이스 왕국에 방문한다면 나를 찾아오게나. 내가 최선을 다해 대접해 주겠네."

"아마 다음에도 제가 책임을 지고 있는 상단이 자이스 왕국을 찾아올 것 같습니다. 대접은 괜찮으니 우리 상단의 안전을 부탁드립니다. 우리 상단이 다치기라도 한다면 브로안 님이 분노하실 겁니다."

"당연하네. 기사단을 동원해서라도 상단을 보호하겠네."

몇 번이나 감사의 인사를 전하는 대법관과 한참이나 악수를 하고 나서야 에크는 별장을 빠져나올 수 있었다.

"어떻게, 원하는 건 얻었어?"

"네, 생각보다 너무 쉽게 얻었습니다. 버려진 땅에서 나오는 더러운 물이 새로운 시대를 열어줄 귀한 재료라는 것을 알게 된다면 얼마나 억울하겠습니까. 하지만 억울해도 어쩔 수 없습니다. 이제 그 땅은 우리 왕국의 소유가 되었습니다."

"정말 그 더러운 흑색의 물이 그렇게 가치가 있을지 모르겠구나."

"진 자작님이 말씀하신 것이니 분명합니다."

이번 일을 통해 브루니스 왕국은 새로운 땅을 소유하게 되었고, 그 땅에서 나오는 흑색의 액체를 통해 성장의 기틀을 더욱 다질 수 있게 되었다.

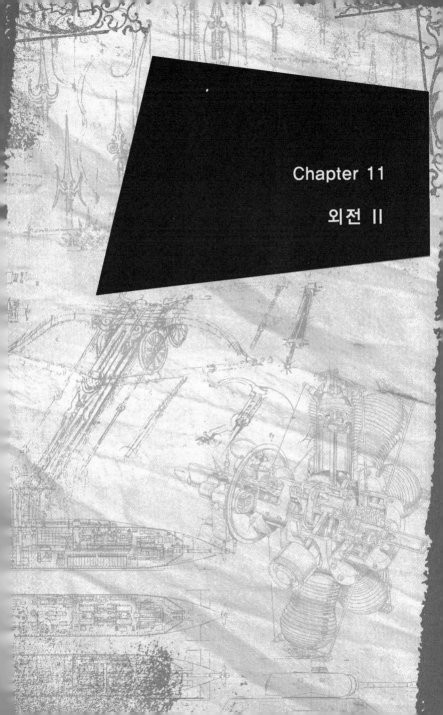

Chapter 11

외전 II

데빌 도어와 악마의 탑이 사라진 이계는 평화를 되찾았다.

아니, 그렇게 보였다.

표면적으로는 더 이상 악마와의 전쟁을 두려워하지 않아도 되었고, 사라졌던 오러와 마나, 그리고 신성력이 돌아오면서 이전과 같은 모습으로 돌아가는 것처럼 보였다.

하지만 달라진 점이 하나 있었다.

바로 브루니스 왕국의 성장이었다.

모든 것이 사라진 기간 동안 브루니스의 성장은 엄청났다.

제국이라는 이름을 가질 수 있는 국가들이 없어졌다고는

하지만, 여전히 넓은 영토를 가지고 있는 국가들과 더 넓은 영토를 가지고 싶어 하는 욕심에 전쟁을 준비하는 나라도 있었다.

하지만 그들은 쉽사리 움직이지 못했다. 바로 브루니스 왕국 때문이었다.

영토는 가장 작았지만 가장 강한 브루니스 왕국이 무서워 칼을 꺼내지 못하는 것이었다.

"브로안 기사단장, 서부권의 국가들이 연합하고 있다는 정보를 얻었다네. 어떻게 하는 게 좋을 것 같은가?"

아다드 왕의 질문에 브로안은 언제나처럼 순박한 눈을 하고는 머리를 긁적거렸다.

브로안을 대신해 브로안의 동생이자 현재 브루니스 왕국의 경제권을 담당하고 있는 브란이 대답했다.

"그들이 연합했다고는 해도 지금 당장 전쟁이 일어나지는 않을 겁니다. 하지만 연합을 했다는 것은 전쟁을 준비하고 있다는 것으로 볼 수 있습니다. 지금은 서로 경쟁을 해야 될 국가끼리 연합을 하는 이유는, 같은 목적을 가지고 있기 때문입니다. 연결 고리가 더 단단해지기 전에 부숴야 합니다."

"저도 그렇게 생각합니다."

동생의 대답에 숟가락을 얹는 브로안이었다.

"그렇군. 다른 대신들도 이 의견에 동의하는가?"

"그렇습니다, 전하."

브루니스 왕국의 권력은, 이전에는 남부 귀족과 북부 귀족이 양분하고 있었지만 최진기가 다녀간 뒤에는 아다드 왕에게 집중되었다.

그 아다드 왕이 가장 총애하는 사람이 바로 브로안과 브란이었다.

브란의 의견에 반대할 만큼 간 큰 귀족은 없었다.

물론 브란의 의견에 반대한 귀족도 있었다.

브란이 권력의 중심으로 더 다가가지 못하게 하기 위해 동부 귀족들이 반대를 위한 반대를 했었다.

누구의 의견이 맞는지 모르는 문제라 반대를 위한 반대를 한 동부 귀족이었지만 브란은 눈 하나 깜빡이지 않고 그들과 맞섰다.

그에게는 자신감이 있었다.

자신의 스승은 세계에서 가장 많은 지식을 가지고 있었고, 그의 지식을 전수한 유일한 사람이 자신이었기에 자신의 판단과 선택이 틀리지 않을 것이라는 강한 의지가 있었다.

그리고 항상 결론은 브란이 생각한 대로 나왔다. 그에 이제는 브란의 의견에 반대를 하지 못하는 귀족파였다.

여전히 브루니스 왕국의 경제권을 이루는 큰 축인 동부 귀족이었지만, 북부도 많이 성장했다.

북부는 물 부족으로 농작지가 부족했지만 최진기가 드래곤의 지팡이를 이용해 도시와 큰 마을에 저수지를 만들어 주었고, 그 물을 이용해 농작지를 늘렸기에 더는 동부의 원조를 바라지 않아도 되었다.

자신들의 가장 큰 약점이 사라졌기에 북부는 빠르게 성장할 수 있었다. 그 결과, 북부에서는 새로운 상단이 만들어지고 있었다.

기사단과 무적이라고 불리는 병사들의 호위를 받으며 상행위를 하는 북부의 상단은 남부의 상단을 위협할 정도로 가파르게 성장하고 있었다.

이제는 남부의 귀족들이 북부의 눈치를 봐야 할 상황이 머지않았기에 동부의 귀족들은 더욱 움츠러들 수밖에 없었다.

"이번에 북부 상행단이 서부권 국가들로 상행을 가는 것으로 알고 있습니다. 그 상행에 브로안 기사단장을 비롯한 기사단을 파견하는 것이 좋겠습니다. 모습을 드러내는 것만으로도 연합의 연결 고리를 녹슬게 할 수 있습니다."

기사단의 상징이라고 하면 당연히 오러였다.

하지만 브루니스 왕국의 기사단장은 오러를 사용할 수 없는 몸을 가지고 태어났다. 그랬기에 많은 사람들이 브로안의 몰락을 예상했지만 그들의 예상은 보기 좋게 빗나갔다.

브로안은 오러를 사용하는 기사들의 여러 기술을 육체적인 힘으로 찍어 눌렀기에 그의 방패를 보며 경의를 표하지 않는 기사들이 없었다.

그리고 그건 다른 국가도 마찬가지였다.

이계에 남아 있는 사람 중 악마와의 전쟁에서 가장 이름을 널리 알린 사람이 바로 브로안이었다.

"제가 다녀오겠습니다. 왕국을 벗어나는 것도 오랜만이니, 가서 바람이나 좀 쐬고 오겠습니다."

"부탁하겠네. 그리고 만약 서부권의 국가들이 전쟁을 준비 하는 것을 목격하거나, 자네에게 위협을 가한다면 무력을 사 용하는 것을 허락하겠네."

"알겠습니다. 오랜만에 방패에 기름칠을 해야겠습니다."

전투가 일어날지, 아니면 그냥 조용히 끝날지는 모르지만, 브로안은 떨리는 마음으로 상행을 기다렸다.

그리고 그동안 기사단은 브로안의 대련 상대가 되어 살아 있는 샌드백 역할을 해주었다.

"기사단장님, 탄트라 왕국에 도착했습니다."

탄트라 왕국은 신생 국가였다.

그들이 나라를 세운 것은 한 달도 되지 않았지만, 그들의 뿌리는 절대 권력을 가지고 있던 탄트 왕국이었기에 그들을 무시하는 사람은 없었다.

탄트 왕국에서 살아남은 왕족들과 귀족들이 힘을 합쳐 세운 왕국이었기에 탄트 왕국의 비밀 창고에서 나온 자금을 이용해 탄트라 왕국을 건설한 그들은 빠른 속도로 성장해 나갔다.

여전히 탄트 왕국에 충성심을 가지고 있는 기사들과 병사들이 존재하고, 탄트 왕국의 국민 중에서도 탄트 왕국을 그리워하는 사람들이 있었기에 탄트라 왕국이 건립되는 것은 순식간이었다.

"그런데 왜 상행을 탄트라 왕국으로 결정한 거지? 다른 왕국들도 많은데 말이야. 솔직히 탄트라 왕국이 탄트 왕국의 후손들이라고는 하지만 전력이 그렇게 강하지는 않잖아. 국가를 정비하는 데 정신없는 탄트라 왕국이 다른 짓을 꾸밀 리는 없지 않아?"

브로안은 자신의 옆에서 짐을 챙기고 있는 사람에게 질문했다.

그의 옆에 있는 사람은 에크였다.

에크는 작은 도시의 병기점 주인에서 경매장 책임자, 그리고 지금은 북부에서 가장 큰 상단의 총책임자 직을 맡고 있었다.

에크는 브란이 가장 믿는 인물이었다.

그는 뛰어난 머리와 많은 사람을 만나며 배운 처세술로 북부 상단을 발전시켜 나가고 있었다.

"브란 님의 설명에 따르면, 탄트라 왕국이 갑작스럽게 세워지고 빠르게 성장할 수 있었던 이유가 따로 있습니다. 정말 비밀 창고에 있는 돈이 많아서 국가를 세우고 성장할 수 있었다면 다행이지만, 배후 세력이 존재한다면 꼭 알아내야 됩니다."

"그래? 머리 아픈 일이네. 그 일은 네가 알아서 할 거지? 난 머리 아픈 건 딱 질색이라서 말이야."

"그래서 브란 님이 브로안 님에게 설명해 주지 않고 저한테만 설명해 주신 게 아니겠습니까."

자존심이 상할 수도 있는 말이었지만 브로안은 에크의 말을 당연하게 받아들였다.

탄트라 왕국으로 가는 길은 순탄했고, 브로안과 에크가 이끄는 상단은 일정을 앞당겨 탄트라 왕국에 도착할 수 있었다.

"신생 국가답게 활기차군. 새로운 건물들이 빠르게 올라가고 있고, 사람들은 모두 바쁘게 움직이고 있단 말이야. 예전의 우리 왕국을 보는 것 같군."

"그렇습니다. 이렇게 빠른 속도로 성장하는 국가는 우리 왕국을 제외하면 처음 봅니다. 그래서 더 이상합니다. 우리 왕국은 진 자작님이 있었기에 가능했던 겁니다. 탄트라 왕국이 이렇게 빠르게 성장하는 건 말이 되지 않습니다. 비밀 금고에 많은 돈을 가지고 있다고는 해도 돈만으로는 한계가 있습니다."

"그런가? 돈만 있으면 다 되는 것이 아니었군."

브로안과 에크과 대화를 하는 동안 탄트라 왕국의 경제를 담당하는 귀족이 상단을 맞이하러 나왔다.

"안녕하십니까. 우리 왕국과 첫 거래를 하러 오신 것을 환영합니다. 미리 준비한 숙소에서 짐을 풀고 휴식을 취하고 계시면 준비가 되는 대로 연회장으로 안내를 하겠습니다. 우리 군사들이 짐을 내려주는 것을 도울 것입니다."

자이스 왕국과는 사뭇 다른 환대였다. 진심으로 상단을 반가워하는 귀족이었다.

물론 귀족 한 명의 환대로 모든 걸 판단할 수는 없지만 그래도 상단을 배척하거나 브루니스 왕국을 무시한다는 생각이 아직까지는 들지 않았다.

귀족의 손에 이끌려 고급스러운 숙소에 짐을 푼 브로안과 에크였다.

"조금 거칠게 나와야 기름칠을 새로 한 내 방패가 힘을 쓸 건데……. 우리를 너무 환영하는 분위기가 어색하단 말이야."

"이렇게 우리를 환대할 거라고는 저도 예상하지 못했습니다. 신생 국가인 만큼 자신감이 넘칠 거라고 생각했는데 우리를 친한 친구 혹은 형제처럼 대한다고 느껴졌습니다. 하지만 그들의 속을 들여다보지 못한 지금 섣불리 판단을 해서는 안 됩니다. 우리는 이번 상행을 통해 탄트라 왕국의 배후를 알아내야 합니다."

"만약 배후가 없다면 어떻게 할 생각이지? 정말 비밀 금고에 저장한 돈으로 나라를 세웠을 수도 있잖아."

"그럴 가능성이 희박하긴 하지만, 완전히 불가능한 것은 아닙니다. 정말 그렇다면… 우리에게 새로운 형제국이 생기게 되겠지요."

고급스러운 침대와 가구를 감상하는 동안 연회는 준비되었다.

브로안과 에크, 그리고 상단의 모든 인원들이 연회에 초대를 받았다.

연회를 주관하는 사람은 탄트라 왕국의 국왕이었다.

상단을 상대로 여는 연회는 보통 거래를 주도하는 귀족이 열기 마련이었지만, 이례적으로 상단을 환영하는 연회를 한 국가의 국왕이 주도했다.

얼마나 브루니스 왕국과 좋은 관계를 형성하고 싶은지 알 수 있는 대목이었다.

"나는 탄트라 왕국의 국왕인 아르타인이다. 우리 왕국과 거래를 하러 온 자네들에게 감사하게 생각하고 브루니스 왕국에게도 무한한 감사의 인사를 보낸다."

"우리를 환영해 주셔서 감사합니다. 여기서 받은 환대를 아다드 전하께 꼭 전하도록 하겠습니다. 그리고 더 자주 탄트라 왕국을 찾을 것을 약속드립니다."

"감사하오. 그러면 그대들을 위해 준비한 연회를 즐기도록 하시오."

연회는 시작되었고, 많은 귀족들이 브로안과 에크를 둘러 싸며 담소를 나누었다.

그들은 브루니스 왕국에서도 이런 반응을 경험하지 못했다.

마치 자신들이 금단의 마법인 정신계 마법을 사용하고 있는 것은 아닌지 착각할 정도였다.

늦은 밤이 되어서야 브로안과 에크는 연회장을 빠져나와 숙소로 돌아왔다.

"이렇게 힘든 연회는 처음이네요."

"나도 그래. 내 결혼식 피로연도 이렇게 힘들지 않았는데. 마치 모든 사람들이 우리에게 반해 버린 것 같은 분위기를 풍기잖아. 한마디라도 더 듣고 싶어서 안달하는 모습이라니."

"솔직히 저나 브로안 님이나 그렇게 매력적인 외모는 아니지 않습니까. 물론 브로안 님은 세계에서 가장 유명한 기사이기는 하지만, 그래도 이렇게 사람들이 열광하니 의심스럽습니다."

"지금 살짝 기분이 나빠지려고 하는군. 내가 인기 있으니까 의심스럽다고?"

"흠흠… 우리에게 남은 시간이 얼마 되지 않습니다. 지금 당장 움직여야 할 것 같습니다. 은신 망토를 준비했습니다. 제가 의심되는 몇 곳을 미리 선정해 두었습니다."

"지금 나보고 은신 망토를 착용하고 염탐이라도 하라는 거냐?"

"여기는 한 국가의 수도이자 중심입니다. 많은 기사와 병력이 지키고 있습니다. 은신 망토를 착용한다고 하더라도 오러를 사용하는 기사들의 오감을 피해 움직이는 것은 불가능합니다. 브로안 님을 제외하면 말이지요."

"말은 잘하는군. 그래, 알았다."

겨우 자신의 몸을 가리는 은신 망토를 착용한 브로안은 에크가 준비한 지도를 보며 이동했다.

가장 먼저 이동한 곳은 지도에 크게 동그라미가 쳐져 있는 왕궁 지하실이었다.

왕궁의 지하실은 배수를 위해 만들어 두었는데, 비밀 금고 등의 장치가 설치되어 있었다.

의심스러운 일이 벌어진다면 지하실을 의심하는 게 우선이었다.

'개구멍을 기어 다니는 강아지 새끼도 아니고, 이게 무슨 꼴인지.'

성인 남성보다 훨씬 더 덩치가 큰 브로안이었기에 좁은 지하실 입구를 들어가기가 쉽지 않았다.

스스로 어깨를 탈골시키고 나서야 겨우 지하실로 들어갈 수 있었다.

'지하실이라고 해서 다른 건 없어 보이는데. 더러운 오수가 흐르는 배수로 말고는 특별한 게 보이지 않잖아.'

브로안은 배수로를 따라 지하실을 이동했으나 특이 사항을 발견하지 못했다.

에크를 욕할 준비를 하며 지하실을 빠져나가려는 순간 브로안의 귀에 작게 속삭이는 목소리가 들려왔다.

"준비는 되었는가? 우리의 왕국을 세우는 데는 아직 많은 것이 부족하다. 더 많은 추종자들과 더 많은 생명이 필요하다. 나를 경배하는 세력을 더욱 만들어라."

정말 작은 목소리였지만 브로안은 들을 수 있었다.

브로안은 아이템 수집 중독자나 다름없었다.

아이템 욕심 때문에 최진기에게 욕을 들은 적이 한두 번이 아니었다.

메인 무기인 방패는 물론이고, 그는 수십 가지의 아이템을 착용하고 있었다.

그리고 그의 귀에는 귀걸이가 하나가 달려 있었는데 그 귀걸이는 청각 증폭 능력을 가지고 있었다.

조용한 지하실을 정찰하는 것이기에 브로안은 귀걸이를 작동시켰고, 미세한 소리를 잡아낼 수 있었다.

'무언가 벌어지고 있군. 추종자와 세력? 어디서 많이 들어본 말이군.'

브로안은 소리가 들려온 방향으로 조심스럽게 몸을 움직였다.

그리고 거기서 한 명의 사람과 익숙한 모습을 하고 있는 존재 하나를 발견할 수 있었다.

"이제 머지않았다. 내 힘이 복원되면 세계에서 나를 막을 수 있는 존재는 없다. 서두르거라, 나를 세계의 주인으로 만들어줄 수하여."

"명을 따르겠습니다. 저는 주인님의 충실한 종입니다."

노예라고 자처하는 인물은 조금 전까지 연회장에서 귀족들과 웃고 떠들던 탄트라 왕국의 국왕이었다.

그리고 그와 대화를 나눈 존재는 타나스 군대를 피해 도망친 악마의 탑에서 만난 악마인 사무드였다.

최진기에게 악마의 탑을 자유롭게 이동할 수 있는 아이템을 준 악마이기도 한 그의 얼굴을 브로안은 잊을 수 없었다.

탄트라 왕국의 국왕은 붉게 물든 두 눈이 다시 원래대로 돌아왔다.

그는 아무 일도 없었다는 듯이 지하 공간을 빠져나갔고, 브로안은 그가 사라진 것을 확인하고는 에크가 기다리고 있는 숙소로 돌아갔다.

"무슨 말씀이십니까? 악마가 남아 있다니요? 전혀 예상하지
못했습니다. 배후 세력이 있을 거라고 예상은 했지만 제국이
되기 위한 국가의 수작질 정도라고만 생각했었는데 악마가 배
후라니요."

"그렇다, 악마지. 그것도 매우 강한 악마다. 악마의 탑 6층
에서 만난 악마지만 지금 생각해 보면 그는 악마의 탑 6층에
있을 존재가 아니었다. 못해도 악마의 탑 7층 이상의 악마와
대등한 능력을 가지고 있었다. 그래, 이제 기억이 났다. 그는
자신을 악마군 2군단장이라고 소개했었지. 그는 강한 마기를
가지고 있는 악마는 아니었지만 악마치고는 뛰어난 지능을
가지고 있었다. 우리의 마지막 전투를 지휘한 전략가라고 알
고 있다. 그가 마계로 돌아가지 않고 인간계에 남아 있을 줄이
야."

사무드는 지능이 높은 존재였다.

항마 전쟁에 드래곤이 개입하는 순간, 악마가 이길 가능성
이 없다고 판단한 그는, 악마의 군대를 뒤로하고 모습을 감추
었다.

전투력이 그렇게 뛰어나지는 않았기에 그를 찾는 악마는 없
었고, 그를 총애하던 마코크가 죽었기에 그에게 관심을 둔 존
재도 없었다.

그는 영악했다.

마계로 강제 소환을 당하지 않기 위해 스스로 자신의 마기를 끊어버리고 인간의 모습으로 변해 있었다.

하지만 마기의 정수가 완전히 파괴되지 않았기에 조금씩 마기를 찾고 있는 중이었다.

은신 망토를 착용한 브로안을 발견하지 못한 것도 그의 마기가 완벽한 상태가 아니었기 때문이다.

"아직 힘을 완전히 되찾지 못한 상태로 보이지만 상행을 따라 나온 기사들로는 상대하기가 힘들다. 탄트라 왕국의 국왕은 자신을 악마의 노예라고 칭했다. 탄트라 왕국의 기사들과 병력들은 악마를 도울 것이다. 지금 섣불리 공격하는 것은 자살행위나 다름없다."

"그러면 일단 최대한 빠르게 본국으로 돌아가야 합니다. 우리에게는 많은 수의 기사와 상질의 아이템이 있습니다. 본국으로 돌아가 전쟁을 준비해야 합니다."

"그래, 어서 돌아가자. 악마가 본래의 힘을 되찾기 전에 전쟁을 시작해야 한다."

아침 해가 뜨기를 기다린 브로안과 에크는 아침 식사에 초대하는 국왕과 대신들의 초대장을 받았다.

지금 당장 떠나고 싶었지만 연회는 3일이나 예약되어 있었다.

어쩔 수 없이 아침 식사 자리에 참석한 브로안과 에크는 식사에 손도 대지 않은 채 시간이 가기만을 기다렸다.

브로안과 에크가 식사를 거의 하지 않자 이상함을 느낀 대신 중 하나가 안부를 물었다.

"음식이 입에 맞지 않습니까? 최대한 브루니스 식으로 요리를 준비하라고 했는데, 요리사가 실수를 한 것 같습니다."

"아닙니다. 음식은 저희 입맛에 맞습니다. 하지만 본국에 문제가 생겨 그 생각을 하고 있었습니다."

"브루니스 왕국에 문제가 생겼다는 말씀이십니까? 브루니스 왕국에 문제를 안겨줄 국가가 있습니까?"

"저도 자세한 정보는 아직 듣지 못했습니다. 단지 빠르게 본국으로 돌아오라는 연락을 받았을 뿐입니다. 저희를 위해 3일 동안의 연회를 준비했다고 들었습니다. 죄송하지만, 저희는 이만 본국으로 돌아가 봐야 할 것 같습니다. 최대한 빠른 시간 내에 탄트라 왕국을 다시 방문하도록 하겠습니다."

"이거 아쉽게 되었군. 본국에 문제가 생겼다니 기사단장인 자네가 타지에 나와 있을 수는 없겠지. 아쉽지만 다음을 기약하겠네."

"감사합니다, 탄트라 왕국의 국왕이시여."

아침 식사가 끝나고 브로안이 이끄는 상단은 쉬지 않고 이동해 본국으로 돌아갔다.

"지금 악마가 남아 있다는 말인가?"

"그렇습니다, 전하. 탄트라 왕국의 배후에 악마가 있었습니다. 악마의 군대의 참모인 사무드가 탄트라 왕국을 돕고 있었습니다. 하루라도 빨리 그를 막아야 합니다. 아직 힘을 되찾지 못한 사무드를 처리해야 합니다."

"악마와의 전쟁이 끝났다고 생각했건만, 아직 해야 할 일이 남아 있었다니. 알겠네. 모든 기사단과 군대의 명령권을 자네에게 주겠네."

"원거리 무기의 제작을 시작해야 합니다. 아무리 오러와 마나가 되살아났다고는 하지만, 원거리 무기의 파괴력은 무시하지 못합니다. 지금 만들어 둔 원거리 무기로는 부족합니다. 원거리 무기의 생산을 마치는 대로 공격해 들어가야 합니다."

"그렇게 하겠네."

국왕의 허락을 받은 브로안은 그대로 군사들을 준비시키기 위해 이동하려고 했다.

하지만 그의 동생이자 국왕의 총애를 받는 브란의 만류로 회의실에 남아야 했다.

"아직 준비할 것이 더 남았습니다."

"병력과 무기를 준비하는 것 말고 또 다른 것이 남았단 말이냐?"

"우리가 가진 무기는 군대와 원거리 무기뿐만이 아닙니다.

우리에게는 진 자작님이 남겨준 유산이 있습니다."

"유산이라는 말은 듣기 좀 그렇군. 다른 세계에서 잘살고 있는 사람을 죽었다고 말하는 것처럼 들려서 말이야."

"정정하겠습니다. 진 자작님이 브루니스 왕국의 발전을 위해 만들어둔 선물이 남아 있습니다."

"그 선물이 뭐지? 원거리 무기야말로 진 자작님이 남겨준 최고의 선물이지 않은가."

"그렇지 않습니다. 더 강력한 무기가 남아 있습니다. 바로 세계의 경제권입니다. 우리는 많은 국가의 채권을 가지고 있습니다. 채권의 힘을 아직 잘 모르는 국가들이지만 우리가 채권을 이용하는 순간 우리에게서 채권을 발행한 국가들은 우리의 말을 들을 수밖에 없습니다. 우리는 그들을 움직일 힘이 있고, 명분이 있습니다. 채권이 우리에게 명분을 주었습니다."

"채권을 이용하면 다른 국가들을 움직일 수 있다는 말이냐?"

"그렇습니다. 일반적으로 전쟁에 참전하기 위해서는 명분이 필요하지만, 빚을 갚기 위해 움직이는 게 하나의 명분이 될 수 있습니다. 신생 국가인 탄트라를 지지하는 것보다 막대한 빚을 갚는 것이 이득이라고 생각할 것입니다."

"그렇다면 우리가 채권으로 움직일 수 있는 국가는 얼마나 되지?"

"거의 모든 국가라고 보시면 됩니다. 원거리 통신 아이템이 아직 작동하고 있습니다. 제가 직접 연락해 채권 상환 대신 탄트라 왕국으로의 침공을 돕도록 만들겠습니다."

"그게 가능하다면 생각보다 쉽게 전쟁이 끝나겠군. 부탁한다. 그러면 나는 이만 기사들과 병사들을 준비시키러 가보겠어."

거의 동시에 회의장을 빠져나온 브로안과 브란은 바삐 움직였다.

형은 병사들을 준비시키기 위해 움직였고, 동생은 다른 국가의 도움을 받기 위해 움직였다.

단 2명뿐이었지만 수천 명의 사람이 모여도 하지 못할 일들을 하고 있었다.

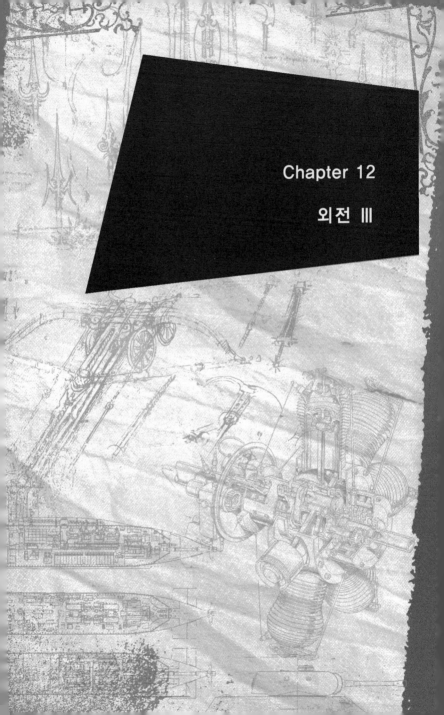

Chapter 12

외전 Ⅲ

브란은 채권소를 찾아가 국가별로 정리되어 있는 채권을
확인하고는 바로 원거리 통신 아이템을 사용해 각국의 국왕
혹은 권력의 중심에 있는 귀족들에게 연락을 했다.

　가장 먼저 연락한 곳은 튼튼한 동맹 관계를 맺고 있는 동
맹국들이었다.

　소국이었지만 그들이 연합하면 웬만한 국가의 기사단보다
더 많은 기사를 보유했다.

　"브루니스 왕국의 경제 집행관 브란입니다."

　―이번에 새롭게 브루니스를 담당하는 신성에 대한 소문

은 들었습니다. 진 자작의 자리를 브로안과 브란 형제가 채우고 있어서 브루니스 왕국의 발전이 계속된다는 말도 들었습니다.

"과찬이십니다. 저는 진 자작님에 비하면 한참 부족한 사람입니다. 하지만 진 자작님이 이루고자 하는 뜻을 계승하고자 합니다. 그리고 오늘 연락을 드린 것도 진 자작님의 의지를 잇기 위해서입니다."

―진 자작의 의지라고 하면, 이 세계를 점령하려는 악마를 물리치고 평화를 되찾는 것이지 않습니까. 데빌 도어와 악마의 탑이 사라져서 더는 위험한 게 없는데 무슨 의지를 말씀하시는지 모르겠습니다.

"그렇지 않습니다. 데빌 도어와 악마의 탑이 사라졌지만 모든 악마들이 인간계를 떠난 것이 아닙니다."

―지금 악마가 남아 있다는 말씀이십니까! 그럴 리가 없습니다. 얼마나 많은 피를 흘려 악마를 마계로 돌려보냈는데, 아직 악마가 남아 있다니요.

"저희가 직접 확인했습니다. 항마 전쟁의 패배로 대부분의 힘을 소실한 악마지만, 지금 서서히 힘을 되찾고 있습니다. 시간이 흐른다면 인간계는 다시 한 번 큰 위기에 빠지게 될 겁니다. 온전한 힘을 되찾지 못한 지금 처단해야 합니다. 함께하시겠습니까?"

동맹국들도 당연히 아이템과 여러 물자들을 구입하기 위해 브루니스 왕국에서 발행하는 채권을 이용했다.

채권을 이용해 협박한다면 굳이 이유를 설명해 주지 않아도 따르겠지만, 브란은 동맹국에게 그런 말을 하고 싶지 않았다.

―무조건 함께해야지요. 어떻게 얻은 평화인데, 다시 악마의 손아귀에 놀아날 수는 없습니다. 우리 왕국의 모든 기사단과 병사들을 보낼 준비를 하겠습니다.

"감사합니다. 이번 전쟁에서 승리한다고 해도 전리품 등 이득을 크게 볼 수 없을 겁니다."

―전리품을 위해서 전쟁을 하려는 생각은 없습니다. 평화를 위해서!

인간계의 평화라는 대국적인 의지를 가지고 있는 국가들도 있었지만 그렇지 않은 국가도 많았다.

"저는 브루니스 왕국의 경제 집행관 브란입니다."

―브루니스 왕국에서 우리 왕국에 무슨 일로 연락을 한 건가? 그리고 이제 겨우 자작의 신분을 가지고 있는 귀족이 한 국가의 왕에게 직접 연락을 하는 것은 예의에 어긋나는 행동이라고 생각하지 않는가? 정식으로 사신으로서 왕국에 방문하라.

꼰대 성향이 강한 왕국도 있기 마련이었다.

하지만 이런 말도 안 되는 협박성 갑질에 당할 브란은 아니
었다.

그의 스승은 국왕보다, 아니 그보다 몇 단계 더 높은 사람
이라도 차마 눈을 마주치지 못할 존재인 드래곤이었기에 당연
히 한 왕국의 지배자라는 명함으로 자신을 압박하려는 사람
에게 굴하지 않았다.

"사신의 자격은 굳이 필요하지 않습니다. 저는 경제 집행관
으로서 파만 왕국이 발행한 채권에 대한 채무 이행을 강제하
기 위해 연락했습니다. 현재 파만 왕국이 우리 왕국에서 발행
한 채권은 총 30만 골드입니다. 일주일 안에 갚지 않는다면 우
리 왕국은 채무를 받기 위해 모든 수를 쓸 것이라는 것을 통
보해 드리기 위해 연락했습니다."

갑과 을의 관계가 있다면, 계급이 높은 파만 왕국의 국왕이
갑이 아니라 돈의 힘을 가진 브란이 갑이었다.

파만 왕국은 당연히 돈을 갚을 능력이 되지 않았다.

사치성 아이템을 구입하기 위해 많은 금액을 사용한 파만
왕국은 자신들 영토의 1/5도 되지 않는 브루니스 왕국의 기
사단보다 더 적은 기사를 보유하고 있었다.

만약 브루니스 왕국이 기사단과 병력을 이끌고 자신의 왕
국을 공격해 오면 어떻게 될까?

악마와의 전쟁에서 브루니스 왕국의 진정한 힘을 본 국가

들은 브루니스 왕국에 대한 두려움을 마음 한구석에 간직하고 있었다.

―갑자기 돈을 갚으라니, 이런 경우가 어디에 있단 말인가! 시간이 필요하다. 그리고 왜 우리 왕국에게만 돈을 갚으라고 재촉하는 것인가!

"파만 왕국에만 재촉을 하는 것이 아닙니다. 우리는 처음 채권을 발행하면서 명시한 사항을 이행할 뿐입니다. 돈을 빌렸으면 갚는 것이 당연한 것 아닙니까. 설마 처음부터 우리의 돈을 갚지 않을 생각이었습니까?"

차마 그렇다고 대답할 수는 없었다. 속마음은 대충 예상이 가능했지만 말이다.

―아닐세. 우리 파만 왕국은 약속을 성실히 이행하는 왕국일세. 하지만 시간이 촉박하지 않은가. 만약 우리 왕국이 돈을 명시한 일자에 갚지 못한다면 구체적으로 어떤 불이익을 당하게 되는지 알고 싶네.

"불이익이라고 생각하지 않으셨으면 좋겠습니다. 그런 말을 들으니 마치 우리 왕국이 나쁜 짓을 저지르는 것 같지 않습니까. 우리는 계약을 이행할 뿐입니다. 지금 파만 왕국이 우리 왕국에 빌린 금액은 30만 골드 정도입니다. 파만 왕궁의 가치는 20만 골드 정도 되겠습니다. 우리는 헌터들을 투입해 파만 왕궁의 기둥 하나까지 전부 뽑아 올 생각입니다. 그리고 남은

10만 골드는 처음 계약서를 작성한 사람이 노역을 통해 갚아야 하지 않겠습니까."

—계약서를 작성한 사람이 노역을 해야 한다니, 그건 무슨 말인가.

계약서에 사인한 사람은 파만 왕국의 국왕이었다.

아무리 돈을 갚지 않았다고 해도 한 국가의 국왕에게 노역을 시키는 법은 없었다.

하지만 힘이 약한 국가는, 그리고 약속을 지키지 못한 국왕에게는 예의를 차릴 필요가 없었다.

"그러지 말라는 법도 없습니다. 그러니 계약서에 명시된 금액을 갚기만 하면 됩니다. 우리가 발행한 채권은 무이자나 다름없습니다. 아무 곳에서나 돈을 빌리면 최소한의 이자를 지불해야 되지만, 우리는 파만 왕국의 신용을 믿고 무이자로 돈을 빌려주었습니다. 이런 우리의 선의를 무시할 생각이십니까?"

—그게 아니지 않은가. 우리도 물론 돈을 갚고 싶지만, 상황이 좋지 않네. 다른 것으로 갚을 수는 없겠는가?

이제 거의 넘어왔다.

브란은 어쩔 수 없다는 말투로 은근슬쩍 본론을 던졌다.

"그렇다면 전쟁에 참여하세요. 지금 우리 왕국은 전쟁을 준비하고 있습니다. 우리의 돈을 갚지 않고 배짱을 부리고 있는 국가에게 본보기를 보여주기 위해서 말입니다."

─그 나라가 어디인가?

"그래도 깊은 역사를 가진 국가를 상대로 본보기를 보일 수는 없지 않겠습니까. 신생 국가 중 한 곳을 본보기로 삼을 생각입니다,"

─좋은 생각이네. 전쟁을 지원해 주겠네. 그러면 우리의 부채를 탕감해 주는 것인가?

"업적에 따라 부채를 탕감해 주겠습니다. 적은 수의 헌터와 병력을 지원해 주고 부채를 탕감해 달라고 하면 제가 어떻게 손을 쓸 방법이 없어서 말입니다. 그리고 파만 왕국뿐만 아니라 부채를 제대로 갚지 못하는 여러 국가들이 이번 전쟁에 참여하는데, 그들의 눈치도 봐야 되지 않겠습니까. 이번 전쟁에서 가장 큰 공을 세운 국가에게는 부채를 탕감해 주는 것은 물론이고, 다른 국가가 발행한 채권 일부를 넘겨줄 생각입니다. 채권의 힘을 이번 기회를 통해 알게 되셨으니, 다른 왕국의 채권을 가지면 어떻게 할 수 있는지 예상되지 않습니까."

파만 왕국의 국왕은 지금까지 채권을 단순히 종이 쪼가리 정도로만 생각했었다.

하지만 직접 채권의 무서움을 느끼고 나서는 채권의 진정한 힘을 알게 되었다.

만약 다른 왕국의 채권을 자신이 가지게 되면 어떻게 할 수 있을까?

그 왕국을 좌지우지할 수 있게 된다. 즉 속국과 비슷하게 만들 수 있다는 뜻이었다.

브루니스 왕국은 멍청했다.

단순히 돈을 받기 위해 여러 방법을 시행할 뿐, 실질적인 국가의 운영권은 원하지 않았다.

만약 자신이 다른 왕국의 채권을 가지게 된다면 그 왕국의 등골을 평생 빨아먹을 자신이 있었다.

─무조건 전쟁에 참여하도록 하겠네. 정확한 일시와 장소를 알려주게나.

"전쟁 준비를 마치시면 정보를 알려주도록 하겠습니다. 모두에게 공평하게 기회를 주어야 하니, 먼저 정보를 알려줄 수는 없습니다."

이렇게 세계 대부분의 국가들은 자의 반 타의 반으로 전쟁을 준비하게 되었다.

브란의 자신감 넘치는 외교라는 이름의 협박으로 지금의 상황을 만들어 내었다.

그렇다고 해서 브란만 열심히 일을 하고 있는 것은 아니었다.

그의 형인 브로안도 전쟁 준비에 여념이 없었다.

"모든 기사들은 지금 당장 아이템을 정비하고, 전쟁을 대비한 수련을 시작해라. 전쟁이 머지않았다. 우리의 상대는 진 자작님의 의지에 반하는 존재들이다. 무조건 승리해야 한다. 이번 전쟁에서 패배한다면 우리는 다시 시궁창 같은 인생을 살아야 한다. 그리고 우리의 부인과 자식들은 오염된 그들에게 무참히 짓밟힐 것이다."

지금 당장은 탄트라 왕국이 움직일 가능성은 없었다.

오직 악마의 힘을 회복하게 하기 위해 노력하는 탄트라 왕국이었기에 전쟁에 대해서는 전혀 생각하지도 않고 있었다.

그들이 역으로 다른 국가를 공격하기 위해서는 많은 시간이 필요했다.

하지만 그것은 브로안과 기사들에게는 전혀 중요하지 않은 사항이었다.

브로안은 기사들을 독려한 후 바로 아이템 공장으로 향했다.

진 자작이 가장 심혈을 기울여 만든 곳이 아이템 공장이었다.

아이템 공장은 원거리 무기 공장과 장거리 무기 공장으로 특화되었다.

이전에 있었던 문양을 각인하는 공장은 진 자작이 사라지면서부터 다른 두 공장으로 흡수, 통합되었다.

문양을 통해 아이템을 강화시키는 작업은 오직 진 자작만
이 가능했기에 그러했다.

"전쟁이 시작되려고 합니다. 우리 왕국의 기사단과 병사들
은 강하지만, 무기가 절실히 필요한 상황입니다. 특히 원거리
무기가 필요합니다. 현재 공장에서 만들 수 있는 원거리 무기
의 종류와 파괴력은 어떻습니까?"

무기 공장의 책임자는 여전히 클린튼 백작이었다.

클린튼 백작은 마나가 돌아왔지만 마법사의 탑으로 돌아가
지 않고 연구소와 무기 공장의 총책임 직을 맡고 있었다.

이전에는 연구소장만 담당하고 있었지만, 마나가 돌아옴에
따라 더 많은 일을 할 수 있게 되어서 아이템 공장의 총책임
자까지 맡게 되었다.

클린튼 백작이 연구소와 아이템 공장의 총책임자가 되자
마법사들은 장인들을 무시할 수 없게 되었고, 브루니스 왕국
은 여전히 기술력을 존중했다.

"현재 우리는 새로운 무기를 연구하고, 만들고 있다네. 진
자작이 있을 때는 그의 능력을 통해 무기를 강화시킬 수 있
었지만, 지금은 불가능하네. 그러나 우리에게는 마법이 있다
네. 다른 왕국은 오로지 마법사에 의존해 원거리 공격을 하
려고 하지만 우리는 다르다네. 물론 마법사의 개인적인 능력
을 향상시키는 위해서도 노력하고 있지만, 마법과 원거리 무

기를 동시에 발전시키는 방향을 연구해 왔다네. 그리고 우리는 알게 되었다네. 마법만을 사용했을 때보다 무기와 마법을 융합시켰을 때 더욱 파괴력이 높은 공격을 할 수 있다는 것을 말일세."

"더 파괴력이 높다면, 얼마 정도의 파괴력을 말하는 것입니까?"

"이전의 원거리 무기보다 더 사거리가 길며, 파괴력도 좋아졌네. 단순히 파괴력이라고 말하기 힘들 정도라네. 예를 들어 일반적인 투석기가 긴 사거리를 이용해 성벽을 부수었다면, 우리가 만든 투석기는 불의 마법과 바람의 마법의 힘을 가지고 있다네. 성벽을 파괴하는 것은 물론이고, 그 주변을 불바다로 만들 수 있다네."

"대단합니다. 원거리 무기를 중점적으로 생산해 주시기 바랍니다."

"그런데 왜 갑자기 전쟁을 준비하라는 것인가? 지금은 평화의 시대이지 않은가. 우리가 무기를 개량, 개발하고 있었다고는 하지만, 단순 기술 개발 이상의 의미를 두고 있지는 않았다네. 무슨 일이 생긴 것인가?"

기밀에 가까운 상황이었지만 클린튼 백작은 왕국의 중요 인물이었기에 그에게는 진실을 알려주어야 했다.

"탄트라 왕국이라고 들어 보셨습니까?"

"탄트 왕국의 후손들이 만든 왕국이라고 알고 있네. 탄트 왕국에게 뒤통수를 맞은 걸 생각하면 아직도 뒷골이 뻐근하다네. 그런 놈들의 후손이 나라를 만드는 것을 가만히 보고만 있어야 하다니. 그런데 탄트라 왕국 애기는 갑자기 왜 꺼내는 것인가?"

"저는 탄트라 왕국의 요청에 따라 에크와 함께 많은 물자를 싣고 탄트라 왕국을 방문했었습니다. 그들이 갑자기 성장한 이유에 대해서 알고 싶었습니다. 저는 그들의 배후 세력을 알아내기 위해 정찰을 했고, 거기서 악마를 보았습니다."

"지금 악마라고 했는가? 아직 악마가 남아 있단 말인가! 불가능한 일일세. 마기를 가지고 있는 악마들은 모두 마계로 돌아갔다네."

"제가 직접 본 적 있는 악마였습니다. 지능이 매우 뛰어난 악마여서 마계로 돌아가지 않을 수 있는 방법을 찾아낸 것 같았습니다. 대신 악마의 능력이 이전에 비해 많이 약해져 있었습니다. 은신 망토를 착용하고 있는 저를 발견하지 못할 정도로 약해져 있었습니다."

"그렇군. 그렇다면 탄트라 왕국을 살려 둘 수는 없겠군. 악마의 국가라는 낙인을 찍으면 더 많은 국가들이 자발적으로 참여할 것이네."

"저도 그렇게 생각하고 있는데 제 동생인 브란은 다른 생각을 하고 있는 것 같습니다. 악마의 국가라고 낙인을 찍는 순간 영악한 악마는 모습을 감출지도 모른다고 판단해서, 악마에 관한 내용은 최대한 숨기려고 하고 있습니다."

"역시 브란이군. 그렇게 하는 것이 좋겠네. 그러면 나는 장인들과 함께 최대한 많은 원거리 무기를 제작하도록 하겠네. 그리고 우리 왕국의 마법사의 탑주가 내 제자이니 마법사들의 지원도 요청해 놓겠네."

"부탁드리겠습니다. 진 자작의 의지를 따르기 위해서라도 이번 전쟁은 압도적으로 승리해야 합니다."

"아직 힘도 회복하지 못한 악마 한 마리는 두렵지 않다네. 솔직히 브로안 자네 혼자서도 충분히 상대가 가능하지 않은가. 하지만 악마에 영혼을 판 탄트라 왕국을 완전히 멸망을 시켜야 하니 병력이 필요한 것이지. 걱정하지 말게나."

"걱정은 하지 않고 있습니다. 단지 우리 왕국의 피해가 적기를 기도할 뿐입니다."

"내가 그렇게 만들어 주겠네. 원거리 무기로 기사단과 병사들의 피해가 없게 만들겠네."

\*         \*         \*

브로안이 탄트라 왕국을 방문한 지 한 달이 지났다.

긴 시간은 아니었지만 그동안 많은 것들이 이루어졌다.

브루니스 왕국을 비롯한 20개의 국가가 탄트라 왕국을 향해 병력을 집결시켰다.

탄트라 왕국은 집결해 있는 병력들을 해산시키기 위해 모든 귀족들과 국왕이 직접 나서 해명하려고 했지만 앞으로 있을 이점과 돈에 눈이 먼 왕국들에게는 통하지 않았다.

그리고 해명할 시간조차 제대로 주지 않고 브루니스 왕국은 전쟁을 선포했다.

브로안은 확성 아이템과 통신 마법을 이용해 모든 국가의 병력들이 자신의 목소리를 들을 수 있게 한 뒤 전쟁의 시작을 알렸다.

"이번 전쟁은 많은 의미를 가지고 있습니다. 우리는 표면적으로 돈을 받기 위해 전쟁을 일으킨 극악무도한 국가로 보였습니다. 우리가 악당이 된 이유는 따로 있었습니다. 신생 국가인 탄트라 왕국의 배후에 악마가 있기 때문에 정보를 숨기고 채권을 이용해, 여러 국가들을 압박해 이곳으로 병력을 소집했습니다. 이번 전쟁이 어떻게 되든지 간에 채권의 절반은 탕감해 주도록 하겠습니다. 그리고 처음 약속드린 것도 모두 지켜드리겠습니다. 하지만 우리는 지금 돈을 위해서가 아니라 이 세계의 평화를 다시 한 번 위협하는 악마의 세력과 맞서기 위해서 왔습니다. 우리가 어떤 시대를 견뎌 왔습니까? 악마에게 억압받고 목숨을 위협받은 시간을 견뎠습니다. 그런데 탄트라 왕국은 다시 한 번 악마와 손을 잡고 우리를 위협하고 있습니다. 저는 암흑기를 다시 보고 싶지 않습니다. 우리와 함께 저 악마의 세력들을 공격해 주 십시오."

브로안과 어울리지 않는 긴 연설이었지만, 생각보다 효과는 뛰어났다.

자신들이 돈을 위해 이곳에 왔다고 생각하는 다른 국가의 기사단과 병력들이었지만, 사실은 악마와 싸우기 위해 왔다는 것을 알게 되어 목표 의식이 생겼다.

악마와의 전쟁이 끝난 지 얼마 되지도 않은 시간이었다.

그동안 많은 피가 흘렀고, 많은 국가가 무기력하게 무너졌다.

하지만 지금은 달랐다.

기사는 검에 오러를 실을 수 있었고, 마법사들은 마나를 이용해 마법을 사용할 수 있게 되었다.

"세계의 평화를 위하여!"

"우와아아아아아!"

병력들의 환호성을 신호로 삼아 브루니스 왕국의 원거리 무기가 불을 뿜었다.

투석기에서 날아간 것은 바위가 아니라 마법의 집합체였다.

성벽은 순식간에 무너져 내렸고, 탄트라 왕국의 내부는 순식간에 피어오른 불길에 휩싸이게 되었다.

그리고 그게 끝이 아니었다.

열기구를 이용한 부대가 마법의 결정체를 탄트라 왕궁 바로 위에서 떨어뜨렸다.

탄트라 왕국의 병력들은 제대로 반항도 하지 못하고 자신들의 왕궁이 불타는 것을 지켜봐야 했다.

더는 대화가 통하지 않는다는 것을 깨달은 탄트라 왕국은 전면전을 시도했다.

하지만 병력의 수는 연합국 쪽이 압도적인 우위를 가지고 있었다.

"악마의 세력들을 도륙합시다!"

진형도 작전도 딱히 없었다.

압도적인 힘으로 밀어붙이는 연합국에 의해 탄트라 왕국은 순식간에 장악당했다.

새로 올린 건물들은 다시 흙으로 돌아갔고, 새로 장만한 아이템을 착용하고 있던 탄트라 왕국의 기사단도 불에 녹아내려 태초의 모습으로 돌아갔다.

이렇게 전쟁이 끝나가고 있었지만, 중요한 사람의 모습이 보이지 않았다.

바로 탄트라 왕국의 국왕이 보이지 않는 것이었다.

다른 국가의 기사단이 전투를 지속하고 있는 동안 브로안은 홀로 지하실로 들어갔다.

위기를 느낀 탄트라 왕국의 국왕이 몸을 피할 장소는 지하실뿐이라고 생각했기 때문다.

그리고 그의 생각은 맞아떨어졌다.

"어떻게 된 일인가. 갑자기 왜 전쟁이 시작된 것이냐. 내가 행동을 조심하라고 하지 않았느냐!"

"저도 어떻게 된 일인지 모르겠습니다, 주인님. 저는 주인님의 말처럼 행동을 조심했으며, 귀족들의 행동거지도 조심시켰습니다."

"지금 그 말을 변명이라고 하는 것이냐!"

화가 난 사무드는 몸에서 마기를 뿜어내고 있었다.

"애먼 사람 그만 잡지. 오랜만이다, 사무드."

"너는!"

"그래, 악마의 탑에서 만난 적 있었지. 이렇게 다시 보게 되니 정말 반갑구나. 내 방패가 나보다 너를 더욱 반기고 있네."

"그렇게 된 일이었군."

"그래, 그렇게 된 일이야. 몸을 숨기고 힘을 키울 생각이었으면 더욱 조심했어야지. 지금 시대에 악마가 어떤 대접을 받고 있는지 잘 알고 있는 악마가 이렇게 조심성이 없어서 쓰나."

"이미 나의 존재를 알고 있었군. 여기에는 혼자 온 것인가? 나를 너무 쉽게 생각하고 있군. 아무리 원래의 힘을 잃었다고 해도 나는 악마의 군대를 지휘했던 참모다. 인간 혼자서는 나를 막지 못한다. 탄트라 왕국을 이용해 내 힘을 회복하려던 계획을 망친 너에게 분풀이를 해야겠군."

"생각을 잘못하고 있는 쪽은 내가 아니라 사무드 당신인 것 같군. 온전히 힘을 가지고 있다고 하더라도 너는 내 상대가 되지 않는다. 악마치고 약한 힘을 가지고 있는 네가 나를 막을 수 있을 거라고 생각하는가? 악마들을 방패 삼아 생명을 유지한 네가 나를 막을 수 있을 거라고 생각했단 말인가!"

브로안은 방패를 들어 올려 사무드에게 달려들었다.

사무드는 얼마 남지 않은 마기를 자신에게 달려드는 브로안에게 방출했다.

하지만 브로안은 자신에게 다가오는 마기에 전혀 영향을 받지 않았다.

그는 악마와의 전투에 익숙했고, 이 정도의 마기는 간지러울 따름이었다.

마기를 방패로 막으며 사무드와의 거리를 좁힌 브로안은, 방패에 체중과 드래고니안의 뼈에 담긴 힘을 동시에 실어 사무드의 몸을 후려쳤다.

생각보다 강한 공격에 사무드는 제대로 방어를 하지 못하고 균형을 잃었다.

그 순간 브로안은 사무드의 목을 움켜쥐었다.

"어때, 네가 무시했던 인간의 힘이? 이제는 생각이 달라졌겠지?"

"이렇게 끝나지는 않을 것이다. 이미 세계 곳곳에 악마의 씨앗이 뿌려져 있다. 지금의 세대가 끝나면 다시 씨앗이 꽃을 피울 것이다."

"그렇게 둘 것 같으냐? 내가 무슨 수를 써서라도 우리 세대에서 악마의 잔재를 뿌리 뽑아 버리겠다!"

브로안이 손에 힘을 주자 사무드는 마기를 사방으로 풍기며 소멸되었다.

더러운 기운이 묻은 손을 가볍게 털어 낸 브로안은 멍한 표정으로 자신을 바라보고 있는 탄트라 왕국의 국왕을 바라보았다.

"책임을 질 사람이 남아 있어서 다행이네. 대중들 앞에서 네가 저지른 일을 거짓 없이 말하는 게 좋을 거야. 편안히 죽고 싶다면 말이야."

탄트라 국왕은 사무드가 사라지자 자신이 저지른 일을 회개하며, 대중들 앞에서 눈물과 함께 진실을 말했다.

무너져 내린 탄트라 왕궁에 집결해 있던 세계의 군대는 승리의 환호성을 지르며 자축했다.

다시 한 번 브루니스 왕국의 위대함을 찬양하는 순간이었다.

며칠 동안 이어진 자축이 끝나고, 각국의 군대는 본국으로 돌아갔다.

"수고하셨습니다."

"네가 더 수고했지. 그런데 조금 찝찝해."

"악마가 마지막에 한 말 때문에 그러십니까?"

"그래. 아무리 생각해도 기분이 이상하단 말이야."

"악마를 발견하고 막는 데 특화되어 있는 사람들이 필요하겠군요."

"그런 사람들이 있어? 기사들이 아무리 오러를 발전시킨다고 하더라도 악마의 기운을 감지하는 능력을 개발할 수는 없는데……."

"신성제국이 있지 않습니까. 멸망한 것과 다름없지만, 아직 신을 믿고 섬기는 사람들이 있습니다. 그들을 지원해야 합니다."

브란은 다시 한 번 신성제국을 일으켜 세울 계획을 세웠다.

지금 세대에서는 어떻게 막아내었다고는 하지만, 다음 세대를 위해서 신성력을 사용하는 사제들과 기사들이 필요했다.

자력으로 회복할 능력이 없는 신성제국은 브루니스 왕국에게 원조를 받아 조금씩 살아나기 시작했다.

그리고 그렇게 브루니스 왕국은 다음 세대를 위한 준비를 진행해 나갔다.

많은 국가에서 발행한 역사책의 첫 장에 진 자작과 카인트 공작, 그리고 브로안 형제에 관한 내용이 실려 그들은 어린아이들의 우상이 되었다.

아이들의 꿈이 지켜질지, 아니면 다시 한 번 짓밟히게 될지는 모르지만, 그들이 할 수 있는 것은 여기까지였다.

그들의 유산이 제 역할을 하기만을 기도해야 했다.

『스킬스』 완결

# 초대형 24시 만화방

### 신간 100%, 샤워실, 흡연실, 수면실(침대석), 커플석, 세탁기 완비

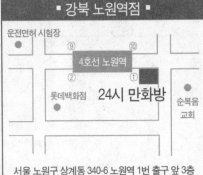

## ▪ 강북 노원역점 ▪

운전면허 시험장
⑨ ⑩
4호선 노원역
② ①
롯데백화점  24시 만화방  순복음 교회

서울 노원구 상계동 340-6 노원역 1번 출구 앞 3층
02) 951-8324 (화용빌딩 3층)

## ▪ 일산 정발산역점 ▪

경찰서  정발산역
제2 공영주차장  롯데백화점
24시 만화방
E  C  A
라페스타
F  D  B

라페스타 E동 건너편 먹자골목 내 객잔건물 5층
031) 914-1957

## ▪ 일산 화정역점 ▪

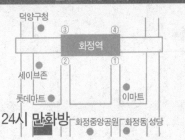

덕양구청
③ ④
화정역
② ①
세이브존
롯데마트  이마트
24시 만화방  화정중앙공원  화정동 성당

경기도 고양시 덕양구 화정동 984번지 서일빌딩 7층
031) 979-4874 (서일사우나 건물 7층)

## ▪ 부천 역곡역점 ▪

역곡역(가톨릭대)
CGV
역곡남부역 사거리
24시 만화방  홈플러스
삼성 디지털프라자

역곡남부역 기업은행 건물 3층
032) 665-5525

## ▪ 부평역점 ▪

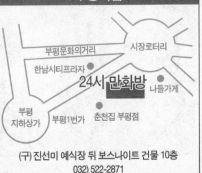

시장로터리
부평문화의거리
한남시티프라자
24시 만화방  나들가게
부평
지하상가  부평1번가  춘천집 부평점

(구) 진선미 예식장 뒤 보스나이트 건물 10층
032) 522-2871

FUSION FANTASTIC STORY

탁목조 장편 소설

# 천공기

탁목조 작가가 펼쳐 내는 또 하나의 이야기!

## 『천공기』

최초이자 최강의 천공기사였던 형.
형은 위대한 업적을 이룬 전설이었다.
하지만 음모로 인해 행방불명되는데…….

"형이 실종되었다고
내게서 형의 모든 것을 빼앗아 가?"

스물두 살 생일,
행방불명된 형이 보낸 선물, 천공기.
그리고 하나씩 밝혀지는 진실들.

**천공기사 진세현이 만들어가는 전설이 시작된다!**

Book Publishing CHUNGEORAM

유행이 아닌 자유추구 -
WWW.chungeoram.com

FUSION FANTASTIC STORY

# 성운을 먹는 자

김재한 퓨전 판타지 소설

『폭염의 용제』, 『용마검전』의 김재한 작가가 펼쳐 내는
이제까지와는 전혀 다른 새로운 이야기!

『성운을 먹는 자』

하늘에서 별이 떨어진 날
성운(星運)의 기재(奇才)가 태어났다.

그와 같은 날,
아무런 재능도 갖지 못하고 태어난 형운.
별의 힘을 얻으려는 자들의 핍박 속에서 한 기인을 만나다!

"어떻게 하늘에게 선택받은 천재를 범재가 이길 수 있나요?"

"돈이다."

"…네?"

"우리는 돈으로 하늘의 재능을 능가할 것이다."

Book Publishing CHUNGEORAM

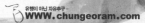

가 프 장 편 소 설

# 관상왕의
# 1번룸

FUSION FANTASTIC STORY

## 거대한 도시의 그늘에서 벌어지는
## 짜릿하고 통쾌한 이야기!

## 『관상왕의 1번룸』

텐프로의 진상 처리 담당, 홍 부장.
절망적인 삶의 끝에서 만난 남국의 바다는
그를 새로운 인생으로 인도하는데…….

쾌락을 원하는 거부, 성공에 목마른 사업가,
그리고 실패로 절망한 사람들이여.

## 여기, 관상왕의 1번룸으로 오라!

Book Publishing CHUNGEORAM

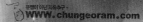